「超」怖い話

怪仏《かいぶつ》

久田樹生 著

竹書房文庫

ドローイング　担木目鱈

まえがき

――ある門外漢の話。

取材をしておりました。

その合間に郷土史など関連資料を読んでいると、気になる記述を見つけます。

そこから関係しそうな伝承やお寺、神社を探りました。

なかなか興味深いことが明らかになってきて、ひとり小躍りをしました。


が、私、神仏や寺社に関して、完全に門外漢です。

何も知らないことは自覚しています。

自分が調べたことなど、大きな間違いではないか。そう思わざるを得ません。

恐ろしい話です。

分からないことは訊けの精神で専門職や詳しい方々へ質問していくと、もっと重要なことが浮き彫りになってきました。

訊いてみるものです。

同じく、妖怪について発見があったという場所へ行きます。

現地調査をした後、近隣にある資料館などを訪れ、学芸員の方に聞きこみを。

一般には公開していない情報を得られることもあります。

矢張り訊いてみるものです。


このように「分からないことは知っている人に任せる、訊く」でやって参りました。

が、ある時こんな話を耳にしました。

聞かせてくれたのは某所で取材していた相手です。


——ある人が呪術を使って、祟られた。


女性のオカルトマニアだったらしく、書籍等で得た密教などの知識を使って〈おまじない〉〈呪術〉を行ったようなのです。

それからその女性周辺では異変が連続しました。

加えて精神的に病んでしまい、本人は社会からリタイア。

また家族も様々な不幸に見舞われ、限界に近い状態へ陥った、と。

本当に原因が呪術にあったのかは分かりません。しかし、全くの無関係なのかと問われれば、それもまた私には答えられません。

話をしてくれた人は、その人を間接的に知っている程度の関係です。

しかし周辺から様々な情報が入ってきたので、全容を知り得たのでした。

「素人が勝手にそんなことをすれば危ないのは当たり前。だから専門の人は修行を毎日しているのに。詳しくない素人の自分でも分かることだよ」

生兵法は怪我の元、そうその人は言いました。

このような仕事をしている身からすれば、身につまされる話です。

いつ、どこで何があるか分からないのですから。

もちろん、本書を読む、読者の皆様もお気を付け下さいませ……。

著者

目次

3 はじめに
8 警告
13 仏を見る人
055 決まり事
059 つかれている
088 理由はある
092 彼の地で

096 夜道を照らすあの場所は
103 なく
115 五右衛門風呂
121 元凶
146 お祖母ちゃんの約束
150 古刹にて

199 あとがき

警告

長野氏は元会社役員。

現在は定年退職し、悠々自適の生活を送っている。

そんな彼の趣味は写真である。と言っても、七十歳を過ぎてから始めたものだ。

技術進歩でデジタル一眼レフカメラの価格も下がり、敷居が下がったこと。そして近くで写真教室が開かれていたこと。この二つがきっかけだった。


ある春の朝だった。

早朝から撮影がてらのドライブに出かけた。

長年連れ添った妻を連れて、目的地のないのんびりとした道中だ。

「あ。あなた。あそこの景色が綺麗よ。写してみたら?」

新緑の中、整った稜線を見せる美しい山がある。

確かにこれは被写体に最適だろう。適当なところへ車を寄せて、カメラを取り出した。

レンズを変え、ファインダーを覗く。

本当に美しい山だと心から感じる。

何度か設定を変えながらシャッターを切った。


ドライブから帰って、すぐにパソコンを立ち上げた。

今日撮影したデータを読み込む。全部で数百枚撮っていた。

(うん。これがいいな)

あの山の写真から一枚を選び、プリンターから出力する。

妻が用意してくれた小さなフォトフレームに入れ、リビングの壁に飾った。

「この大きさでも綺麗ねぇ。もっと引き延ばしたら凄そうね」

妻の意見に頷いた。

その内、データを写真屋へ持ち込んで大きくプリントして貰おう。そしてそれを書斎の壁に掛けよう。考えるだけで楽しくなってきた。


……そんな矢先、息子の子、孫が入院した。

ウイルスのせいであるが、処置が早かったおかげで命に関わることはないらしい。ほっと胸を撫で下ろしたのもつかの間、娘の子も入院騒ぎになった。こちらは怪我だった。

孫二人が可哀相で仕方がなく、何度も見舞いに足を運んだ。

が、その時に他の患者から貰ったのだろうか。今度は妻が風邪をひき、そこから肺炎をこじらせて入院してしまった。年齢が年齢だけに一時重篤なところまで行った。

病室に泊まり込み、看病している最中、長野氏は夢を見た。

あの美しい山の麓にいる。

頂上辺りを見上げれば、そこに女性が居た。

今の若い人のような服で、明るく染めた長い髪を靡かせている。

遠いところに立っているはずなのに、目の前で見ているような感覚があった。

おかしなことだ。そう考えたとき、これが夢であると自覚できた。

(どうしてこんな夢を見ているのか)

女性を眺めながらひとりごちた途端、女性の声が頭の中で響いた。

礼儀を失している。故にあの壁の写真を飾ったこと。腹が立つ。

こんなことを意味する言葉の羅列だった。

(要するに壁からあの写真を外し、破棄せよ、ということか)

理解した途端、目が覚めた。

すぐ自宅へ戻り、リビングへ入る。山の写真を入れていたフレームが斜めになっていた。

家を出たときの記憶ではまっすぐだったはずだ。

しかしそんなことを気にしている暇はない。

すぐ壁から外し、中の写真を白い封筒へ入れる。

そのまま知りあいのお寺へ持っていき、お焚き上げして貰った。


その後、妻は無事退院し、それから家族が病などに苦しむことはなくなった。

なんとなく気になったので、例の山について調べてみた。

あの山は遠い過去から霊山として信仰を集めているものであった。

土着的宗教が崇めていた事実もあり、今もその対象であるようだ。

また、郷土史には「山を拝むため、村に社を建てたが障りを受け、周辺に不幸が多数訪れた。だから対策を講じた」と公的な記録として残されていた。

力の強い神様が住まう山である、生半可な事をしてはならないと言うわけだ。

(だから、写真を飾ってはいけなかったのか)

何か全ての辻褄が合ったような気がした。

この話を写真教室の先生にしてみたことがある。

「うーん。偶《たま》にありますねぇ。あ、これは写しちゃいけないものだって分かることが」

そういうときはすぐに謝って、その場を立ち去ることにしているという。

先生は元々スピリチュアルなものにさほど興味はない。が、しかし、これまでの経験上、そういうこともあるのだと割り切っているらしい。

「だから長野さん。そういうこともあるのでしょうね」


それからも長野氏の趣味は写真だ。

ただ山や神社、お寺などを写すときは頭を一度下げ、心の中で赦しを請う。

(写させていただきます。もし駄目ならお教え下さい)

稀にシャッターが下りないことがあるが、それは〈写すな〉という注意に違いないとすぐに諦め、もう一度謝罪をしてから撮影を止めるようにした。

そのおかげか、今のところあの時のようなことは二度と起こっていない。

警告に従えば、大丈夫であることは分かった。

長野氏は今も作品展に出す写真を撮りに飛び回っている。

仏を見る人

木田さんはバイクで事故を起こしたことがある。

二十代後半の出来事だった。

山道の途中、降り出した雨の中で路上の何かを踏み、前輪が横へスライド。そのままコントロールを失って転倒した。

天気予報は晴れであったが、それが外れたこと。

フルフェイス型ヘルメットのシールド（樹脂で作られた風防部分）に水滴が付き、若干視界を妨げたこと。

撥水コート剤を塗らなければと思っていた矢先に雨が降ったこと。

仕方なくシールドを少し上へ押し上げて、視界を確保できないか試したこと。

これら僅かな積み重ねが不運を呼んだ。

前輪が僅かに跳ね、横へ滑る。丁度片手の時で対応が遅れた。

そのまま路面へ叩きつけられる。

減速していたことが救いだが、それでも全身に衝撃が走る。息が上手くできない。起き上がろうにも体が上手く動かず、どうしようもなかった。

バイクは横倒しになり、ガードレールの近くに倒れている。手を伸ばしても届かないのは明らかであった。

もし自分の上にのしかかっていたら、ただでは済まなかっただろう。

(助けを呼ばないと)

漸く右腕を動かすことができた。

が、革ジャケットの内側ポケットに入れていたはずの携帯がない。

強まる雨足の中、少し離れたところに携帯が落ちていた。

這いずってでもそこへ行き、通報しないといけない。しかし身体は動かない。死ぬ者狂いになっても、どうしようもない。

考えてみれば、ここは車通りが少ない。誰かが偶然通ってくれるだろうか。

苦しさ、痛みが増していく。

思わず目を閉じてしまった。そして楽になった。


目が覚めると、救急隊員が傍にいた。

助かった。安堵したからか、再び意識を失った。

バイクはほぼ全損で廃棄された。

木田さん自身は右足に微かな後遺症を抱えた以外は無事であった。

しかしあの日、どうして救急隊員が来てくれたのか。

答えは単純なことだった。

無意識に携帯を拾い、そして一一九番していたらしいのだ。

詳しくは分からないが、しっかりと自分の名前と倒れている場所、どういう状況かなどを理路整然と伝えていたらしい。更に言えば、通報地点管轄へのつなぎ替えの時間をしっかりと待機し、分かりにくいはずの山道への入り方まで話していたようだ。

我ながら驚く。死に瀕したことで身体が勝手に動いたとでも言うのか。

携帯を確認すれば確かに通話履歴が残っていた。

その直前、何度も番号を押し間違えたのか十回程度掛けては切り、掛けては切りを繰り返している。十八。二十。四十九。九十九。どれも二桁で足りていない。

そして漸く最後で正解の番号を押していた。

退院してから、友人に連れられて事故現場まで行ってみたことがある。

なんとなくだが、そこを確認しないとトラウマになって残りそうだと感じたからだ。

本当に山深く、よくここで独り倒れて助かったものだと心拍数が上がる。

脇で待っていた友人も驚いていた。

「本当に運がよかったなぁ」

自分の携帯だとアンテナが立たない。キャリアのせいかな、と彼は笑う。

木田さんは最近買い換えた自分の携帯を確認した。

アンテナは一本も立っていなかった。

友人の携帯キャリアよりも通信に強いはずなのに。

場所を何度も変えながら調べたが、事故地点から数キロに渡りアンテナは立たないままだ。試しに何度か通話やメールを試してみたが、一切通じることはなかった。

時間が経った後、基地局などが増えアンテナが立つようになるなら分かる。が、今立たなければ前も同じ状態だったに違いない。

電話で救急車を呼ぶのは不可能だろう。

百パーセント繋がらないとは言い切れないが、可能性は低い。

友人が改めて言う。

「本当に運がよかった。多分、神様とか仏様が起こした奇跡じゃないか？」

通信できない場所で携帯が通じるなんて、そうとしか思えないと。

「いや、待ってくれ。俺、その朝、どうしてそこを通るハメになったかっていうとさ」

祖父に叱られたからだ。

ずっと墓参りにも行っていなければ、仏壇にも手を合わせてもいない、ご先祖を蔑《ないがし》ろにするのかと携帯に連絡が来た。

確かに就職してから何年も行っていない。墓も祖父の家もかなり遠いので、どうしても足が遠のいてしまう。

しかし父親からも頼まれた。祖父から叱責の連絡が別口であったらしい。

『悪いけれど、行ってくれないか。お前は内孫だからちゃんとしろって煩いんだよ』

祖父は信心深かった。そして横暴な人でもあった。

だから言うとおりにしないと臍を曲げる。そして父親に遺産を継がせないと言いだすことが常であった。もちろん孫にも同じように厳しい。

実は、木田さんは無神論者に近かった。だから墓参りも仏壇に手も合わせるのも何かのついでであり、親の顔を潰さないための気遣いでしかなかった。

その時も親の頼みがあったから、祖父の家へ出向いたのだ。

そして帰り道、事故に遭った。

もし墓参や仏壇の位牌へ手を合わせに行かなければ、こんな場所を通ることもなかっただろう。もちろん事故に遭うことも。

全ての原因は祖父と仏絡みである。

怒っていることを察してか、友人は取りなすように話を継いだ。

「でもさ、墓参りとかしたから、助けてくれたんじゃないの？」

思わず言い返した。

「本当に神様や仏様が助けてくれるのなら、最初から事故を回避させろって！」

俺は後遺症だって残ったんだぞ、と怒鳴ってしまった。

あれから十年。

木田さんは今も無神論者に近いままだ。

祖父は亡くなったが、葬儀の時の一度以外、その墓前や位牌に手を合わせることはない。

◆

菊池さんは死体を発見したことがある。

二年程前。それは血縁の人物だった。

彼が遠方の大学に通っている頃だ。

多少の用事と、ある気掛かりな事があり、実家へ帰った。

夕方頃に着くと連絡を入れていた。玄関から声をかけるが、返事はなかった。

父は仕事、母もパートだろう。しかし兄はいるはずだ。

二階へ上がると、廊下に倒れている兄の姿があった。

抱き起こすが、ぴくりとも反応がない。

顔は見知った兄のものではないように見えた。

すでに呼吸も鼓動も感じない。体温もほぼなく、死んでいることは誰の目にも明白だった。が、一縷の望みと共に救急車を呼んだ。

——やはり、兄は帰らぬ人になった。

死因は心筋梗塞であったと聞いた。

しかし、兄は肥満体ではなかった。痩せすぎていた。

五歳上の兄は俗に言うニートだ。

就職をした後、パワーハラスメント・モラルハラスメントで心を病み、仕事を辞めた。会社側の言い分は自分達の正当化に過ぎなかったが、兄は一度もそれに反論しなかった。全ての関係を絶つことを優先したのだ。ゆえに賠償などは一切なかった。

兄は家に引きこもり、食事も最低限しか取らない生活を送った。

父母も菊池さんも心配するが、兄はいつも鸚鵡返しに「大丈夫だ」と言うだけだった。


兄が死んだ状況から、第一発見者だった菊池さんは警察から様々なことを聞かれた。

ただでさえ身内の死にショックを受けているときで、正直止めて欲しかった。


落ち着いた後、兄の形見を整理しているときだ。

菊池さんはあの日、実家に帰ったもうひとつの理由を思い出した。

〈ある気掛かりなこと〉があったからだ。

兄の遺体を発見する二日前、夢を見た。

いや、それが夢だったのかもはっきりしない。

夢うつつで、ベッド脇に立つ兄と会話したのだ。

改めて考えてみれば、その兄はあの死体の顔そのものだったように思う。

痩けた頬。表情筋全てが力を失った虚ろな顔。

直立不動で視線もこちらに向けていない。

そのまま口だけを動かして兄は言う。

〈なあ、一度さ、家に帰ってきてよ。できるだけ早く。そして俺の部屋の机の中にさ、ある物を入れておくよ。それをみんなにあげるから〉

兄は机の引き出しに付けた番号式錠前の暗証番号を教えてくれる。

鍵を開けてね、忘れないように、ちゃんとメールを送っておくから、と言いつつ、スマートフォンの画面をこちらに向ける。暗い部屋だからとても眩しかった。

兄にスマートフォンを買って渡したのは父だ。

顔を突き合わさなくとも、トークアプリや他の機能を使えばコミュニケーションが取れるのではないか。それに直接でなければお兄ちゃんも言いたいことも言えるのではないか。

そんな意図があったようである。

実際、多少の連絡であればトークアプリで届いていたらしい。

家の中にいるにも拘わらず、そのような手段しか意思疎通の方法がなかったというのは空しいと言えば空しいことであったが。

〈暗証番号だからさ、ちゃんとメールで送るよ。消えないように保護してくれよ〉

兄はそのまま黙りこくってしまった。

菊池さんもそのまま再び眠ってしまったのだろう。

起きるとすでに朝だった。

(まるで現実みたいだったなぁ。兄ちゃんの顔とか以外は)

携帯を確かめた。メールは届いていない。

なんとなく気になった。兄へ電話を掛ける。出ない。

母へ電話すると兄はいつも通りで大丈夫だと言う。あの夢のことは黙っておこうとなんとなく思った。何故なら不吉というのか、厭な感じを受けたからだ。

だから他の用事も作り、実家に戻った。

そして遺体を発見した。

改めて考えると、その時に見た兄の死に顔が力なく無表情だったことが疑問でもある。

死後硬直時間を過ぎていたのか、それとも死した瞬間、そういう表情だったのか。

心臓が死因であれば、苦しい表情で事切れたのではないか。だとすれば、発見時にあのような顔であるはずはない。

そういった事に詳しくないからこそ、余計に気になったままだ。

実は、後に菊池さんの元へお兄さんからメールが届いた。

亡くなったその日の晩であった。

多分、スマートフォンの送信予約機能を使ったのだろう。日時を指定して、菊池さんへ送信するようにしてあったはずだ。そうでなければ理屈が合わない。

兄は死を予感していたのか。それもまた不明だ。

送られてきたメールには四桁の数字だけがあった。

ああ、これは暗証番号なのだろうとすぐ察することができた。

言われたとおり、机の鍵を開けて、その中身を確かめた。

そこには写真のネガと、未現像のフィルム、ＳＤカードがあった。

ふと思い出す。

兄の趣味はカメラだった。

中に入っていたのは、家族のスナップばかり。

皆で旅行をしたとき。或いはイベントの時などのもので、笑顔のショットが多い。

時期で言えば兄の高校から大学時代だろう。

彼がまだ幸せだった頃だ。

残された写真達は、今も父母がきちんと管理している。

◆

藤島さんが中学生の頃だった。

近所に関西弁の小母さんが住んでいた。

建て売り住宅を一括で購入したというのは周辺の噂だ。

三十代後半ほどに見えたが、それを考えると結構金回りはよかったのかも知れない。

彼女は夜の世界、それも場末にいそうな雰囲気だった。

実際のところ、夜の仕事をしていたのだろう。

朝、酔った状態でタクシーから降りてくる姿を何度も見た。

その小母さんは常に光り物をじゃらじゃら身に着け、ブランド物風のスーツを着ている。

下品な立ち居振る舞いも目立った。ただ、どこか男好きするところがあるのか、いつも誰かしら男性と一緒のことが多かった。

そんな小母さんはひとりのときだと藤島さんによく話しかけてきた。

土曜日か日曜の午後が多かったと思う。

咥え煙草でサンダルを引きずるようにしてこちらに近づいてきたかと思えば、必ず最初こんな風に口を開いた。

「なあー、あンた、ええ顔してるなぁ。稼げる顔や」

小母さん曰く、ウチは人相を見れる（見られる）、占い師やねん。だからパッと見て、その人がどんな人生を歩むか、どういう運命を持っているか判断できるねん、らしい。

本当がどうかは分からない。

ただ会う度同じ事を繰り返す。

「あンたは、男を利用できる顔やね。クレオパトラとか楊貴妃とかとおんなじや。それで沢山稼げる。そういう仕事に就かな、もったいないよ」

今考えれば、夜の仕事へ就けという勧誘だったのだろうか。

しかし藤島さんはどちらかといえば背が高く痩せぎす。ボーイッシュであった。

男を利用するような性格でもない。

だから、適当に相槌を打ち、愛想笑いのままその場を立ち去るのが常だった。

藤島さんが高校へ進む少し前か。

確か二月から三月の間辺りだった。

何かの用事で夕暮れ時、外を歩いていると小母さんが何かを探している。

無視していこうとしたが、見つけられてしまった。

「なあなあ！　一緒に探してくれん？」

断ろうとしたが、こちらの事情など我関せずと捲くし立ててくる。

「コンくらいの木の札やねんな。ソンでな、それに絵が描いてあるんや」

板のチューインガム半分くらいの大きさで、絵は、お地蔵様のようなものであるという。

小母さんが若い頃、高名な占い師から貰ったものであるらしい。

それさえあれば、ウチ、一生食いっぱぐれることがないんよ！　そう聞いてもいないのにべらべら喋る。

「スミマセン。用事があるので……」

できるだけ波風が立たないように告げ、そこから離れた。

背後から怒鳴り声が投げ付けられた。

困った人間を助けないのか、ボケ、カス、のような関西的な罵倒であった。

それから間もなくして、小母さんは居なくなった。

行方は誰も知らなかった。

暴力団に追い込みを掛けられた。麻薬関係の商売をしており、それで警察や組織に目をつけられた。はたまた何事か国同士の事に関わる犯罪者で公安が動いたなど、噂レベルの妄言が飛び交っていたから、本当に誰も分からなかったのだろう。

〈店を潰し、破産した。そしてパトロンもろとも借金で首が回らなくなり、逃げた〉

これが一番信憑性があるのではないかと大人達は囁きあっていたようだ。

それを聞き、藤島さんは小母さんはあの木札を見つけられなかったのかなと思った。

〈それさえあれば、ウチ、一生食いっぱぐれることがないんよ！〉

木札をなくしたから、財産を全て失ったと考えれば合点がいくからだ。

我ながら馬鹿馬鹿しい妄想で、ひとり苦笑したことを覚えている。

あの建て売り住宅は再び〈売り家〉の看板を掲げたが、なかなか売れなかったように記憶している。最初の金額の半額以下なのにどうしてだろうと両親は首を傾げていた。

どうも内装が悪趣味に改装してあったことも原因であったようだが。

小母さんが居なくなってから数年後。

藤島さんが遠方のアパートでひとり暮らしを始めたときだ。

外から戻ってきて、ポストを確かめると郵便物の下に何かがあった。
板のチューインガム半分程度の大きさと薄さをした木片で、長方形だった。
材質はベニヤ板を適当に切ったような物か。安っぽい物で、切断面は粗い。
とても汚れており、木地の色はすでに不明になっている。
そして、その表面には文字があった。が、それも判読できない。
その裏側に絵があった。
人間の全身を細いペンで描いたような絵だが、下手糞だ。
髪の長い小父さんのようにも見えたが、いったい何を表しているのか。
ふとあの小母さんの言葉を思い出す。
〈こンくらいの木の札やねんな。そンでな、それに絵が描いてあるんや〉
誰かの悪戯であるとしても、あの小母さんの言っていた札との符合が気持ち悪い。
ただ、どうしても描かれているものはお地蔵様には見えなかった。
アパートの外に出て、適当な側溝へ棄てた。
部屋へ戻り、手が痛くなるくらい洗ったことは言うまでもない。
翌日、側溝を確かめてみたが、流されたのかもう何もなくなっていた。

ふとあの小母さんがやって来るのではないかと恐れたこともあったが、その様なことは未だない。変なことも起こらなかった。

現在の藤島さんはＯＬである。

あの小母さんが言うような〈男を利用して稼ぐ〉こともない。

◆

川田さんの実家には床の間のある部屋がある。

幼い頃の彼女はそこが好きだったらしく、ずっとそこでひとり遊びをしていたという。

「でもね。歩美。あの時は少し怖かったのよ」

母親が懐かしむようにこんな話をしてくれた。

川田さんが五歳になるかならない頃だ。

彼女はよくこんな事を口走るようになった。

「おともだちがふたついるの」

床の間の部屋を指差して、にっこり微笑む。

ふたつ、は二人のことだろうことは分かるが、お友達に関しては首を傾げるほかない。

ひとりっ子だし、ぬいぐるみや人形はそこに置いていない。外部から誰か小さな子がやって来た記憶もない。

一体誰なのか聞くが、おともだち、ふたつ、くらいしか教えてくれなかった。


ある日、母親が床の間の前を通りがかると声が聞こえる。

娘である川田さんのもの。

それ以外に二つあった。

何事か会話をしている。しかし娘の言葉以外不明瞭だ。ただとても柔らかい声色だ。幼さはさほど感じられない。中学生くらいの少女のような雰囲気があった。

〈おともだちがふたついるの〉

娘が言ったことを思い出し、そっと障子の隙間から中を覗いた。

だが、背中を向けて座っている娘以外、誰も居ない。

しかし声は止まない。ずっと聞こえている。

（……あれ？）

床の間の掛け軸が左右に揺れていた。

娘から離れているから、彼女が動かしているわけではない。

その内、ぴたりと揺れは収まった。まるで誰かが手で止めたようだった。

そして声が止んだ。

娘がこちらを振り返る。

「おかーしゃん？」

何故か恐ろしくなってその場から逃げた。

居間にいると娘がやって来て、そっと膝の上に座った。何事もなかったかのように、いつもと変わらない様子だった。


「だから怖くってねぇ。それからも何度か同じようなことがあったから」

しかしそれも川田さんが六歳になる前にぴたりとなくなった。

一体何があったのか。川田さん本人は知らない。

六歳になる前ということなら、二十年ほど前だし、多少なりとも記憶にあるはずだ。

しかし一切覚えていない。床の間の部屋が好きだったことすら記憶していない。それにこんな話を聞いたのも初めてだ。

どうしてこんな話を今になって？　そう問えば、母親もどうして今更こんな事を話したのか分からないという顔をしている。

二人顔を見合わせるほかなかった。


件の床の間にあった掛け軸は所謂〈仏画〉であった。

怖い顔で大きな黒い身体をした仏様が剣を持って立っている。

その両脇に小さな身体の柔和な顔をした仏様がいる。

そんな絵だ。

仏画で不動明王と童子が描かれていると教えてくれたのは祖父だ。

元々彼が所有していた物で、家を建てたときくれたらしい。

「護ってくれそうだから」

そういう理由だったようだ。由緒正しき品なのかは誰も知らない。目利きできるような人間は誰も居ないからである。

川田さんの目から見れば、結構よい絵ではないかと思う。


掛け軸は今も川田家の床の間に掛けられている。

◆

赤星氏は仏像コレクターである。

骨董だけではなく、新しめのものもコレクション対象だ。

五十代後半からの趣味でまだ五年が経った辺り。数はさほど集まっていない。

収集のルールが厳しいわけではない。逆に緩いくらいだ。とはいえ、大事なことをひとつ決め、それだけは守っている。

自分が〈これは〉と思わぬ限り買わないこと。だ。

例えば骨董マニアからそっぽを向かれるような品でも自分がよいと感じれば買う。

そもそも売る予定もないからそれでよかった。

仏像を金儲けに使うことは考えたこともなかった。

ただ、なかなかこれはという出会いはない。

あったとしてもお寺の本堂で目にする機会が多く、当然買えない物ばかりとなる。

(やはりこうしてきちんと拝まれていると違うのだなぁ)

感嘆の吐息を漏らすばかりだった。

だから、仏像コレクションは十数体からなかなか増えなかった。

ある時、久しぶりに一体の仏像を購入した。

旅先で通りがかった民家の軒先に横倒しで放置してあったものである。

目にした途端、電流が走ったように感じた。

一直線に歩み寄って確かめれば、木製の立像で、菩薩のようだ。

立たせたときの大きさは自分の腰より少し下くらいか。

手が両方なく、頭部も耳や鼻など欠損が多い。最近の物ではないように見受けられる。

足の裏に墨書きがあったが、それもなんと書いてあるのか判読不能だった。

頭部や身体の一部に艶が出ていたから、皆そこを撫でていたのかも知れない。

興奮していた。

一緒にいた妻が苦笑を浮かべてしまうほどだ。

勢い込んで玄関を叩けば、胡麻塩頭の男性が出てきた。

訛りが強く、言葉も癖があった。表の仏像のことを聞けば、ただでやるという。さっさと持っていけばいい。もうお前の物だ、と真顔だ。

流石にそれも悪いので、財布の中身の半分を渡した。金額に気をよくしたのか、家の人は大きな風呂敷を付けてくれる。これで運べということらしい。
背負ってみれば思ったより軽い。木が相当に乾燥しているからだろう。
そのまま最寄りの宅配便をやっている店まで運び、自宅へ送った。
旅の予定を切り上げて、家へ戻る。
今か今かと待ちわびた翌日、仏像は届いた。
梱包が良かったのか、あれ以上の欠損はない。
腰を据えて見てみれば更に魅力を増しているように感じる。
リビングのテーブル脇に小さな木の台を置き、そこへ立たせてずっと愛でた。
妻は趣味に理解があるとはいえ、閉口気味であったことは否めない。
それでもこの仏像と出会えて良かったとしか思わなかった。

そんな最中、ある晩のことだった。
例の仏像を眺めていると、テレビがニュースを流す。
『長崎県、対馬の仏像盗難に……』
盗まれた仏像に関する報道が始まった。
前から耳にしていたが、愉快な話ではなかった。仏像は好きだが、盗んでまで手に入れようとは思わないし、またそのような物を買おうとも考えない。

「ふん、なんて事件だ」

独り言のように呟いた途端、脇に置いてあった仏像から何かが聞こえた。

木と木が触れたような音だった。

原因は分からない。もしかしたら自分の手足が無意識に台にでも触れ、仏像が揺れたのだろうか。倒れてはいけないのでもう一度置き直した。

なんとなくだが、最初よりも重くなっているように感じた。

その日から、この〈木と木が触れたような音〉が聞こえることが増えた。

リビングにある仏像の所からだけではなく、書斎に並べた他のコレクションがある場所からも時折鳴った。稀に連続で音が響くこともあった。出所はまちまちであったが、仏像の周辺からであることに代わりはなかった。

やはり理由は思いつかない。

ふと以前こんな話を聞いたことを思い出した。

〈魂が入った仏像はおかしなことを起こすことがある〉

拝まれた仏像には魂が入るのだとも言っていた。

もちろんそれは重々承知だ。

コレクションに中には人に拝まれていたものも少なくないことは予想している。

先日購入したものもそうに違いない。

あの胡麻塩頭の男性も言っていた。

これは元々どこかの寺にあった物を貰ってきて、親達が長い間拝んでいた。

自分の代になったのでそれを止め、つい先日外に放り出したものだ。すでに現代、仏なんぞ拝む時代ではない、と。

(もしかしたら何かあるのかもな)

人に聞いたり調べたりして、あるお寺に相談をした。

すると家に来てくれるという。

やって来たのは姿勢の正しい、凜とした壮年のお坊様だった。

仏像コレクションを眺め、幾つか指定する。

それが魂入りなので、一度お寺へ預け、魂を抜かないといけないようだった。それさえすればまた返還可能だという話である。

そして、リビングへ行くとお坊様は幽かに声を上げた。

「……これは、こちらへお返ししない方がよいと思います」

相当マズイ物なのか。訊けば首を傾げる。
「どういえばよいのか。ともかく怒っていらっしゃるので、これは大変なのです」
数体の仏像がお寺へ預けられ、また戻ってきた。
同じ物であることは確かだが、前と印象が変わっており別物にすら思えた。
そして、あの家の軒先にあった仏像は然るべき場所へ納められたと聞く。
仕方がないとはいえ、落ち込んでしまった。

それから半年少し過ぎ、また妻と旅行へ出かけた。
あの〈軒先の仏像〉を買った土地だ。
妻が気に入った風景があり、そこへまた行きたいというリクエストに応えた形である。
観光の最中、三日目だったろうか。
なんとなく気になって、あの仏像があった家を訪ねてみた。
が——すでに空き家と化していた。
誰も住む者が居なくなり、草木は放置。ゴミも投げ入れられており、荒れ放題だ。
近くを通った中年女性に訊けば、流れる水のように話し出す。噂好きなのだろう。

曰く、住人が一気に居なくなったという。
まず家の主人が変死。
不自然な死だと言われていたが、実際は自死である可能性が高い。
続いて妻が失踪。家から出ていた息子と娘が行方を捜している。
多額の借金が原因ではないかと噂されていた。
非常に後味が悪い話で、せっかくの旅に水を差す形となってしまった。

赤星氏は疑問に思っていることがある。
あの胡麻塩頭の男の話で行けば、仏像はお寺から貰ってきたことになっている。
そしてずっと家で拝んでいたが、近年、男の一存で拝むのを止め、軒先へ放り出した。
全ての話は本当なのだろうか。
例えは、拝むのを止めた理由は他にあるのではないか。
思い出してみれば、仏像をこちらに押しつけようとしていた節もある。
加えて言えば、本当にお寺から貰ったのだろうか。
初めて仏像が鳴った日、流れていたニュースは〈仏像盗難〉であった。

因果関係があるのかどうだかは知らない。

ただ、何か裏があると赤星氏は睨んでいる。

◆

五年前の春。

青木さんが友人と韓国旅行をしていたときだ。

パックツアーであったが、自由時間があった。

友人と少し裏へ入った通りを漫《そぞ》ろ歩いていると、いきなり腕を掴まれる。

若い男だった。

目を吊り上げ、歯を剥き出しにしながら怒鳴り散らしてくる。

韓国語で会話などできないから全く聴き取れない。

そして何処かへ連れて行こうとしているのか、強く引っ張り始めた。

何もしていない。ぶつかってもいない。こんなことをされる謂われがない。

友人が必死に引き留めようとするが、もうひとり男がやって来た。そいつは薄ら笑いを浮かべている。そして最初の男が何事か訊きながらこちらを指さした。

助けてと叫ぶが誰も何もしてくれない。

男たちは青木さんと友人を指し、大声で何事かを言う。

周囲に何かを訴えているようだ。自分達の正当性か、それとも他のことか。

抵抗すればするほど周りはこちらを見なくなる。

英語に切り換えてみるが、欧米人はいない。韓国語で助けてくださいも覚えていたはずだが少ししか出てこなかった。サルなんとか、くらいだ。

焦りの余り視野が狭くなる。友人も何か大声を上げていたが、全く意味がなかった。

あと少しでもっと人気のない路地へ入りそうだ。

そこで男たちは急に足を止めた。

何時やって来たのだろう。ひとりの女性が二人に何か話しかけている。

若い。韓国の街中でよく見るようなタイプだ。

少し言い争いのようになったが、途中から男たちは大人しくなった。

そして解放された。

安心したせいか茫然としてしまう。

女性が話しかけてきた。日本語だった。

「ね、たいじょぶか？」

片言に近い。頷くと韓国語で何か言う。首を振れば、言い直してきた。

「あのにほんじん、たすけてやれ、あのひと、いわれて」

女性が見る方向には誰も居なかった。

たすけてやれ、そう言ったのは誰なのか。周囲にはそれらしき人影すらない。

女性も首を傾げている。

「なんか、かこいい？　イケメン？　みたいなのにたすけてやれ、いわれて」

どういうことなのか。

女性が言うには、日本人の青年で、背が高く格好良い人であった。

日本語で頼んできたという。

「あんたたすければ？　いった、でもそのひと、いやいやした」

じゃあ仕方がないから、そう思って女性は助けてくれたらしい。

言語を学ぶくらい日本が好きだからでもあった。

「あんたたち、わたしのともだち、いったらオッケーだった」

女性は笑いながら立ち去っていった。

何も要求されることもなく、親切を一方的に受けたような形だった。

あのとき〈たすけてやれ〉と言ったのは誰だったのか今も謎のままだ。

ただひとつ、帰ってから少しだけおかしなことがあった。

青木さんが部屋に戻ると、テーブルの真ん中にぽつんとお守りが置いてあった。

親が送ってくれた京都のお守りだ。

旅行に行くとき持っていけと言っていた。正直なところわざわざ付けるのが面倒臭くて、小物入れに投げ込みそのまま出かけたのだった。

彼女はひとり暮らし。

誰が小物入れから取り出し、置いたのだろう。

女性向け物件であるからセキュリティはしっかりしているはずだ。

親に訊くが、一度も来ていないという。

結局自分の勘違いということにしたが、やはり解せないことに変わりはない。

ふと思い付く。

あの韓国で助けを求めてくれたのはこのお守りだろうか。

まさかそんなことはないだろう。スピリチュアルは苦手だ。

だから突拍子もない思考に我ながら驚く。

が、しかし。

青木さんは翌日からそのお守りを持ち歩いた。

そのおかげか、年末まで何事もなく過ぎた。


それ以来、青木さんは初詣の時にお守りを買う習慣ができた。

◆

高校時代、大谷さんはクラスで孤立していた。

(僕は人とは違う。だから周りが馬鹿に見える)

そう言った態度を取っていたから周囲から敬遠されていたのだと、大人になった今なら理解できる。そしてそれが如何に馬鹿らしいものだったか。後悔しかない。

しかし当時は自分は特別な人間で、他人が愚かだと思い込んでいた。


彼が二年生に上がった頃だ。

クラスの顔ぶれは変わらず、いつものメンバーである。

関わらないよう気配を消し、一切喋らない。馬鹿は相手にしないルールだ。休み時間や昼食時間は古本屋で買ってきた文庫を読み耽る。これで外界をシャットアウトした。授業が終わればさっさと自宅へ戻る。この生活サイクルは変わらなかった。

だが、五月の連休前だった。

学校から帰ってくると、門扉の前に誰かが立っている。

中学時代まで同級生だった乾だった。

彼は大谷さんと話が合う数少ない人間だ。が、進学した先が違い、遠く離れてしまった。

現在寮に入り、そこから通っているはずである。

だから今はメールか電話で少し話すくらいになっていた。

この乾だけは自分と同じレベルの人間であり、言わば同胞のような相手だと感じていたことは確かだ。だから今も連絡を取り続けていたのである。

乾は中学では美術部に所属しており、痩身短躯。所謂オタク的な人間だろう。

しかし博識であり、話題も豊富だった。

「おう。久しぶりぃ」

口の端を曲げて笑う顔は変わらない。

何故わざわざやって来たのかと問えば、部屋へ上げろよとぶっきらぼうに言う。以前と変わらぬ調子で、とても懐かしかった。

部屋に招き入れるとすぐバッグから一冊のルーズリーフ式ノートを取り出す。

「俺さ、悟ったんだよ」

乾は、神や仏の真実、真理を理解したのだと嘯く。

いつもの馬鹿話の延長だろう。茶々を入れると怒られた。怒気を含んだ口振りは初めて聞くもので、驚いたことを覚えている。

「夜だったんだ」

乾は瞑想していた。

本やネットで調べた内容に他の宗教本などから得た知識を加えた、オリジナル瞑想だ。目を半分閉じ、結跏趺坐（胡座に似ているが、両足首をそれぞれ逆の太腿に乗せた状態。座禅やヨガ等で用いる）の状態で深呼吸しながら色々なイメージをするのだという。

「そんときさ、バァーって来たんだよ」

頭の上から何か降り注いできたような感覚の後、何か脳の中に染み込んできた。

それは言語ではなく、映像でもなく、何かよく分からない感覚だった。

が、それが神と仏の真理だとすぐに理解できた。乾は一気呵成に喋った。

「悟り、ってこういう事を言うんだと思う」

彼は明らかに興奮していた。

そして例のルーズリーフを開いてこちらに差し出す。

そこにはシャープペンシルの小さな文字が詰め込まれていた。

漢字、ひらがな、カタカナ、英数字、漢数字などが入り乱れ、読み辛いことこの上ない。

そして幾ら頑張っても言葉や文章として頭に入ってこなかった。

訊けば、真理なのだから仕方がないと言う。

他のページには緻密なイラストが入っていた。

シャープペンシルを使ったモノクロで、風景や動物、人体が描かれている。流石に元美術部だと思わせるに十分なできだった。

それが意味不明の文字数ページごとに挟み込まれている。

全部で百枚はあっただろうか。

最後のページだけ、絵が違った。

緑のボールペンを使った子供の落書きのようだ。

〈僕の考えた超人〉のような風と言えばいいか。

アメリカンコミックのヒーローと悪魔、妖怪を合わせたような感じだ。

頭は三つ、腕は八本、足だけ二本。

訳が分からない。

乾の方へ視線を向ければ、彼はどこか自慢げな表情を浮かべている。

どう反応していいのか、躊躇っていると彼の機嫌が悪くなってきた。気が付いていなかったが、顔に出ていたのだろうか。

「信じていないだろう」

怒りを解こう、宥めよう、幾つか言葉を選んでいる最中、乾は立ち上がった。

見て見ろ、俺が仏を呼び出す。そうはっきり言い放った。

「俺は真理を知る者だ。だから仏は俺の僕である」

大谷、お前の机の脇に出してやる。しっかり目を開いておけ。

乾はいきなり床に座り込み、結跏趺坐で瞑想を始めた。

馬鹿馬鹿しい。しかし乾の迫力に押されてもいた。

指定された場所へ目を凝らしてしまう。

しかし何も現れない。

（一体どうしてこんな事を言いだしたのだろう）

半ば呆れ、集中力が切れた。

その瞬間、全身が総毛立った。

毛穴という毛穴が冷たい。腰の少し下が落ち着かない状態に陥る。例えるなら、躾けに厳しい祖父に叱られる寸前の状態がずっと続いているようだ。

机の脇には何もない。

しかし、そこが恐ろしい。

脳の中に映像も何も浮かんでいないのに、そこに〈何か居て、こちらに向けて威圧している、憎悪の感情を叩きつけている〉ことが理解できるのだ。

足から力が抜けた。尻餅をつく。腰が抜けたのか、立ち上がれない。本当にこんな事があるのかと驚いてしまう。

いつの間にか乾は立ち上がっており、こちらを見下ろしていた。

「な、だろ?」

あの特徴的な笑顔を向け、その直後、柏手を何度か打った。

途端に机の脇から受けていた圧力が失せる。

信じられない出来事だった。


それからも何度か乾は家にやって来た。

来ないときはメールか電話で連絡してくる。

『俺は真理を知った。だからそれに沿って生きている』

『それは一種の戒律と言っていい』

『戒律には自分以外の劣等な生き物を殺すことも含まれている』

『その内、大量の人間を殺すことになる。俺には殺せる術がある』

顔を合わせても、それ以外でもこういった内容を繰り返した。

正直数回目から閉口させられたことは確かだった。迷惑だという空気を出せば、またあの〈仏〉を呼ばれ、酷い目に遭わされる。

どうやったら乾から距離を取れるか悩んだ。しかし家は知られているし、相手からこちらに来る。それもこちらが外から戻ってきたときに必ずだ。まるで待ち伏せをされているかのようだが、どうやって帰宅時間を知っているのだろうか。


しかし数か月後、悩みは消えた。

乾が来なくなったのだ。

それは丁度ある噂を耳にしたときを境にしていた。

『乾はずっと前に学校を辞め、退寮し、祖父母の家に身を寄せている。原因はイジメと言うが、実際は被害妄想でドロップアウトしただけだ』

この情報は偶然もたらされた。

同じ中学出身で元美術部の生徒数名のグループに出会ったとき、聞かされたのである。

乾と仲が良かったことで、向こうが大谷さんのことを覚えていたのだ。

「乾さぁ、高校でキレて、大暴れしたらしいよ？」

「それに刃物とか薬品とか沢山持っていて、それを見つかったみたい。あ。あと殺人計画ノートみたいな題名のノートもあったって。これは本当か知らないけど」

「でも私立校で不祥事が出るとマズイからね。隠蔽工作されまくったらしいよ」

全員、乾のことを蔑むような言葉を繰り返した。

中学から思っていたが、乾はキモイ。乾は変態だ。乾は頭がおかしい。よくあんな奴と付き合えたね、大谷君……。

こいつらと話しているのは辛い。それに乾のことを聞くのも厭だ。

適当に理由を付けてそこから逃げた。

――その夜、乾からメールが届いた。

『知られたから、もう行かない』

それから大人になった今も乾には会っていない。

もちろん彼から連絡も来ていない。

実は、乾の一件以来、大谷さんは高校で友人を作るよう努力した。

憑き物が落ちた、というべきか。

それまで抱いていた〈自分は特別な人間〉という間違えた思想も棄てた。おかげで普通の高校生活を送ることができた。

そして大学に入り、適当に過ごしてから社会へ出た。

中学の同窓会にも参加し、皆から驚かれることも多い。こんなに普通に喋ることができるのか、人当たりがよいのかと概ね好評であった。

その席で、乾のことが話題に上った。

噂では中卒扱いで何処かの会社に潜り込み、社会人をやっているらしい。

たまたま目撃した人に寄れば、若禿で、下腹が飛び出しているが他の体型は変わっていない。だからアンバランスで気持ちが悪い。

また結婚もしているようだが、ぶくぶくに肥えた女性が相手であるようだ。

年齢はどう見ても自分達より二十歳は上か。子供を連れていることもあるが、妻そっくりの肥満体に乾の顔が乗っているようで、お世辞にも可愛くはなかったという。

目撃された場所は遠く離れた観光施設や、アウトレットモールだった。

今になって思えば、あの〈仏〉は乾の暗示に乗せられただけではないか。

そう考えれば辻褄は合う。

精神は身体にも影響を及ぼすのだから。

そういうことにしているが、少しだけ気掛かりなことも残っている。

まず、乾が仏と呼ぶモノを呼び出した翌年、父母が続いて入院する騒ぎが起きた。

父は健康診断で異常なしと言われた直後、体調不良を起こした。病院で診察を受け、内臓に影を発見されたのである。

また、母は考えられないようなミスで怪我をしている。

大谷さんの部屋を掃除しているときだ。机の脇に掃除機を掛け、方向変換しようとしたとき、太腿の外側が机の角に掠った——だけなのに、大腿骨骨折を起こしたのだった。

両親共に保険に入っていたことと、治療が早期で適切だったことで最悪の事態だけは回避できた。だから大谷さんは大学まで進学できたと言っても過言ではない。

そしてもうひとつ。

大谷さんは、今も稀に〈あの圧迫感〉を感じることがある。

外でも建物の中でも同じ。どこか一箇所からそれはやって来る。

場所などに共通する条件はない。ただ、どれもあの足腰が萎えるような感覚がやって来た。仕事中でもあるので、大変困ることが多い。ともかく、まずいと感じたら慌てて気合いを入れ、なんとかやり過ごすのが常である。

(あの乾の暗示が今も生きているのだろうか)

大谷さんは毎日自己暗示を繰り返す。

これは単なる思いこみ。勘違い。両親の事も偶々であって、因果関係はない。と。

信じなければ何も起こらない。そんな非科学的なことがあるものか——。

決まり事

前田さんは仏像彫刻教室へ通っていた。

定年退職後、趣味にできそうなものを探していて、漸く行き着いたものである。毎週一回であったが、彼にとってとても楽しみなものだった。

指導をしてくれるのは仏師の小宮山氏である。

前田さんよりも年若かったが、とても落ち着いた雰囲気を持つ男性だった。

最初は基本として〈地紋彫り（仏像の台座などに用いられる連続文様）〉や〈仏手・仏足〉などを練習する。更に先は〈仏様のお頭〉となる。

彫る対象が決まったら、その〈神仏の決まり事〉に沿って彫る。

例を挙げるなら、不動明王は右手に三鈷剣、左手に羂索（投げ縄のようなもの）を持ち、憤怒の表情で炎を背負っている……などだろうか。もっと細かい事柄が多いが、ここでは割愛する。これらは仏像の他、仏画などでも同じである。

ある日、前田さんは小宮山氏にこんなことを訊いた。

「仏様を彫っていて、直せないような失敗をしたらどうしたらいいんでしょうか？」

から、であるらしい。

単に彫っただけでは仏様の形になるだけ。だから棄ててもよい。

ただし、その時は完全に壊してからがよい。何故なら人の形に近い物は魂が入りやすいから、であるらしい。

何かの間違いで「悪いもん」が入ったらよくないからという。

「だから、あかん思たら、鉈かなんかでぽんぽーんと割ってから、ほかして下さい」

前田さん的には仏様を壊すと逆に罰が当たるかと考えていた。

しかし小宮山氏の説明は得心のいくところが多かった。

ところが、同じ教室に通う安という女性はそれを聞かなかった。

教室の他、自宅でも彫っているのだが、失敗した仏像も適当に処理して他人にあげてしまう。おまけに神仏の決まり事もあまり守っておらず、いろいろな要素が交じり合ったオリジナル作品も多数見受けられた。

老齢から来る頑固さなのか、誰の言うことも無視してしまう。また、少しでも否定的なことを言えば、逆に怒り狂って手が付けられない。

小宮山氏も困っているようでもあった。

しかしこの安が突然教室に来なくなった。

「安さんの家、息子さん夫婦が問題起こして、ここいらに住めなくなったらしいよ」

他の生徒達から聞いた。

どうも金銭や土地関連に加え、人間関係の不備で夜逃げをしたようだ。

それには数名の人間が関わっていた。

安と仲が良かった連中で、彫り損ないの仏像を渡していた相手だ。

噂に寄れば、彼等は新興宗教――というより彼等が金儲けのために作り上げたインチキ教団――であり、その本尊として安の仏像を利用していたようである。

また数少ない信者に買わせるための仏像も安制作であった。

インチキ教団の教えに沿って毎日拝ませていたらしい。

その内、その界隈で精神的に不安定な人間が問題を起こすことが増えた。

不審者情報も増え、下着泥、痴漢、泥棒、空き巣狙いなどがずらり連なっている。

それら不審者は例のインチキ教団の信者の関係者ではないかとも噂された。単なる憶測に尾鰭が付いたのかもしれなかったが、火のないところに煙は立たないとも言える。

そして、この教団騒ぎに安の息子夫婦が絡んでいたのである。

教団の中心人物と共に息子夫婦は信者達に「御布施を出せ、なければ土地の権利書でも良い。何か出せないと罰が当たるぞ」……など脅しを掛けていた。殆ど恐喝だ。

それが警察沙汰になりかけた。更に土地の〈闇社会〉関係に目をつけられる要因ともなった。だから彼等は逃げた、というのが噂の顛末である。

全てが本当かどうかは知らない。

ただ安とその息子夫婦達が忽然と姿を消したことだけは確かだ。

また、安らが住んでいた界隈から数軒の家が引っ越していたことも事実であった。どうも教団関係者と信者の家であった可能性がある。

この噂は小宮山氏の耳にも入った。

「あかんわなぁ、あかんわなぁ。やっぱ壊して、ほかさな」

あの温和な氏が苦虫を噛み潰したような表情を浮かべる。初めてみる顔だった。

彼は続けた。

――本職でもないもんが勝手に拝んだら、碌なもん、入らへんわな。

前田さんはその後、仏像教室を辞めた。

今はゲートボールに熱中している。

つかれている

屋鋪さんは疲れていた。

四十六歳。営業職。役職に就いてはいるが、それが更なる重圧を呼んでいる。

毎日毎日残業続き。ノルマと格闘してもなかなか成果は上がらない。接待費用も切り詰めろという本社命令に逆らうこともできず、自腹を切ることも少なくない。

部下は何を考えているか分からないし、結果を出してくれることもない。

労《ねぎら》おうと若い事務職に声を掛けてみれば、それがモラハラ・パワハラと陰口を叩かれていることを知ったこともあった。

本当に疲れていた。

晩秋の頃、体力の限界を痛切に感じた休日だ。

理髪店帰り、あるマッサージ店舗の前で足が止まった。多分、フランチャイズ加盟店だからか、価格は安い。

(少し揉んで貰おう。身体的な疲れだけでも取ろう)

自動ドアの前に立った。

しかし開かない。

休憩時間で閉まっているのか。いや、内部の照明は点いており、人もいる。

ドアの不調か。何度か足踏みし、センサーが感じ取るであろう中空を手で払ってみた。

それでも扉は開かない。ドアそのものに手を掛けてもびくともしなかった。

なんとなくバツが悪くなり、そこから離れてしまう。

（ドア、壊れているのを店員は知らないのだろうか）

振り返ったとき、中年女性がマッサージ店へ入る姿が見えた。

自動ドアはきちんと作動していた。何の問題も見えなかった。

ああ、たまたまだったのか。もう一度、ドアの前に立ってみた。

ウンともスンとも言わない。

少しだけ離れて全体を見回してもおかしな所は見つけられなかった。三度ドア前にあるマットの上に乗ってみるが、やはり反応はなかった。

（もういい……）

疲れが増したようだ。重い足取りで帰路に就く。

家に着いて、玄関から家人に声を掛ける。返事がない。

出かける予定はなかったはずだし、鍵も開いている。リビングへ行くと、妻がソファに座って雑誌を読む後ろ姿があった。

「おい」

振り向かない。

「おいっ」

やはり動かない。幾度も呼びかけるが反応が返ってこない。

肩に手を掛けて漸くこちらを認めた。

「わっ、吃驚した！　帰ったなら声くらい掛けてよ」

妻は一切こちらの声が聞こえていなかったようだった。


翌週、仕事中あまりに身体が辛いので公園で休憩したことがある。

ベンチに座って背もたれに身体を預けていると、目の前を通る老人が必ずこちらに一礼をして通っていった。ただの会釈とは違って、深々と首を垂れる。

十数分で五人は通り過ぎただろう。その誰しも同じだった。それに、何故か若い人や子供というパターンは一度もない。いや、公園内には老人しか歩いていないようだ。

遂には立ち止まり、こちらに手を合わせながら口をモゴモゴ動かす者も居た。

小柄な老女で、こざっぱりとした格好だ。

薄手で紫色のジャンパーに、毛糸のマフラーを巻いている。足元はスニーカーだ。多分散歩の途中なのだろう。

思わずどうしてそのようなことをするのか、訊ねた。

彼女は事も無げに答える。

「拝まないといけないからよ」

ああ、これはおかしな人だったのか。

これまでの老人達は単に挨拶をしただけであり、この〈本物〉とは違うのだ。

関わり合って失敗した。慌てて立ち上がり、その場から逃げる。振り返れば、老女はまだこちらを拝んでいた。


次に訪問した得意先で担当者に先ほどあったことを話した。

面白おかしく、笑いに変えて伝えると相手も受けている。

「あー、でも、屋鋪さん。婆さんが拝む気持ちも分かるよ」

最近、仏様みたいだもん、そう担当者が苦笑いを浮かべる。

このところ生気がない。どうも影が薄い感じも受けることもある。そればかりか顔の表情が乏しくて、まるで仏像みたいな顔の時がある……らしい。

「アルカイックスマイル？　っていうの？　笑ったときそういう感じの顔だよ、偶に」

どう答えて良いか判断が付かず、曖昧な笑顔を浮かべてしまう。そのとき、彼はこちらを指差し「そうそう、そういう顔」、そう言ってまた笑った。

商談を終え、外へ出ればすでに日が暮れていた。

社に戻る途中、携帯にメールが届く。

元同期の訃報を報せるものだ。

彼は病に倒れ、会社を辞めた。そして闘病中だった。

正直に言えば仲が悪い相手である。

性格が合わない上、仕事のやり方も全く違っていたことが原因だ。歩み寄ることもなく、互いに牽制し合っていた時期もある。はっきり言ってしまえば、憎しみしかなかった。

そのうち彼に病巣が発見されたことでいつしか確執も有耶無耶になっていた。とはいえ、仲直りすることはないままであった。

社会人の礼儀として通夜には出た。

先に来ていた別の同期が耳打ちしてくる。

「顔、骨と皮になっていたぞ。別人だ」

祭壇の前へ行き、そっと棺の中を覗く。生前の面影はあるものの、確かに痩せ細っていた。言われなければ当人と気づけないかも知れなかった。

ただ、その表情は安らかだった。

口の端が少し上がっているせいか、穏やかな笑みを浮かべているように感じられる。ふと、あの取引先の担当者に言われたことを思い出す。

——仏様みたいだもん。

——アルカイックスマイル？　っていうの？

故人の顔から慌てて目を逸らした。何故か知らないが、もう見ていられなかった。

急ぎ祭壇の前を離れ、遺族にお悔やみを述べる。

当たり前だが、皆沈鬱な表情を浮かべていた。

当たり障りのない定型文的な挨拶を交わしていると、故人の奥さんが唐突に話し出す。

「屋鋪さん。長生きして下さい。主人はそれだけを心配していました」

同期がまだ意識がある頃、病の床で手を合わせては念仏のようにこのような台詞を繰り返し唱えていたらしい。

〈屋鋪が長生きしますように、長生きしますように、長生きしますように、屋鋪が長生きしますように……〉

仲の悪い相手を気遣うようなこの言葉に首を捻らざるを得ない。

奥さんもどうしてそう言うのか気になったのだろう。問い質したが、明確な答えはひとつも返ってこなかった。

ただ〈あいつはこうしてやらないと、長生きできないから〉と。

「だから、長生きしてください。あの人の最期の願いです」

奥さんはハンカチで目元を拭いだした。

それから二年が過ぎた。

今も屋鋪さんは疲れている。

ただし、それは病気のせいが大半だ。

腎不全のため、一年半ほど前から人工透析を続けなければいけない身体になった。

血液透析で、当然時間も金もかかる。保険給付されるとはいえ、繰り返せば負担になるのだ。身体的にも精神的にも辛い。

延命治療のカテゴリに入る治療であるが、こうなってしまうと早く死んで楽になりたいと思うこともある。

しかし、死ぬことは赦されない。

妻、娘、息子がいる。軽い痴呆が入り始めて、介護が必要になるだろう義母がいる。そしてローンが途中の家もある。

余計に疲れる。死ぬに死ねないとはこのことだ。

そんなとき、あの死んだ同期が残した言葉を思い出す。

〈あいつはこうしてやらないと、長生きできないから〉

そして、稀にその同期の夢も見る。いつも必ず同じ内容だ。

彼は死に装束姿で膝を突き、こちらに向かって手を合わせている。

〈長生きしますように長生きしますように長生きしますように長生きしますように〉

嘲るような口調から、まるで厭味を言われているような気持ちになった。

彼は時折顔を上げるが、棺の中にあったあの痩せこけた顔だ。

表情は薄ら笑いを浮かべている。

〈長生きしますように長生きしますように長生きしますように〉

目が覚めると酷い疲労感がのし掛かってくる。

眠った気がしない。体調不良もある。だから疲れる。

長生きしたくない。でも生きねば。

屋鋪さんは日々自らを叱咤して働き続けている。

◆

牧原さんは疲れていた。

高校受験を控え、彼女は連日連夜勉強に明け暮れていたからだ。

担任の話だと十分に狙える学校だと言うことであったが、安心はできない。できることは全てやっておくことに越したことはないと考えていた。

それだけでは足りないような気がして、学業お守りと合格祈願お守りを用意した。御利益のある神社まで足を運び、お参りもしておいた。

お守りは机の前の壁に付ける。

押しピンを刺し、その樹脂でできたお尻部分に引っかける形式だ。

気休めかも知れないが、ある意味効果はあったと思う。

お守りがあるんだから大丈夫だ。そんな風に考えることで心が落ち着き、集中できたのだから。また疲れたとき、ふと顔を上げてお守りを見つめることもよいアクセントになっていたのかも知れない。
ただ、時折そのお守りたちが左右に揺れていることがあった。
それぞれが互い違いの方向、速度でぶらぶら動いている。
原因は何か探るが分からない。
エアコンや自分が動いて発する風、壁に伝わる振動ではなかった。
そっと指で押さえて揺れを止めても、また動き出す。こちらの勝手では止められない。
止まるときは音と共に、だ。
自分の部屋の外壁、或いは窓が甲高い音を立てて鳴ったときである。
疲れのせいでそう見えているわけでもない。
(……多分、御利益があるって事なのね)
悩む時間があれば勉強へ割く。気にしないようにして受験に備えた。

発表の日。
無事に合格をしていた。安堵しながら父親母親にメールを入れ、家に戻った。
喜びを噛み締めながら自室に入る。何の気なしに壁のお守りへ目を向けた。
ない。なくなっている。

近くを探すと、机の上に落ちていた。

まるで綺麗に揃えられたかのように二つ並んでいる。

向かって右に学業、左に合格祈願のお守りだ。

(壁に掛かっていたはずなのに)

朝出るときお守りに手を合わせてから出かけたから間違いはない。

それ以前に、お守りの紐を掛けていたピンのお尻部分は返しが付いている。勝手に落ちるはずはない。

とりあえず元へ戻しておき、夜、帰ってきた両親に訊ねた。

「今日、部屋に入った？　お守り、外して机に置いた？」

父母は首を振った。部屋にも入っていない、指一本触れていないと言うことだった。


休み中、件の御利益のある神社へ二つのお守りを返しに出かけた。

まだ一年経っていないが、お礼と挨拶をしに行きたいということもあった。

(あ、そうだ。同じ学業お守りが欲しいな)

返納する前、御札や御守りが並んでいるところに足を止めた。

「どれだったかなぁ」

自分が持っている物と見比べる。が、あることに気が付いた。

(薄くなっている)

自分が持っているお守りはどちらも色が薄くなっていた。

繊維から色素が抜けたような風合いだ。ただ艶はそのままである。

もう一度比較する。

目の前にあるお守りはずっと色が濃い。ここまで違うと気になってしまう。それに勉強中にあった揺れと発表の日に机に落ちていたことを思い出した。

何かあるのだろうか。

(いや、もしかしたら種類が変わったのかも知れない)

そういうことにして、お守りを返し、新たに学業お守りを授かった。


翌年、再びお守りを返しに足を運んだ。

思い出し、自分が持っているものと並んでいる物を比べる。

どちらも同じ色だった。

◆

香川さんは憑かれていた。

いや、当の本人である彼女はそれを信じていない。

あんたは憑かれているなんて言ったのは占い師だ。

占い好きの友人に付き合って、某所の自称占い師兼霊能者の元を訪ねたときのことである。二十五歳になったばかりの頃だった。

その人物は「凄まじい力を持っている」らしい。何処情報か訊けば、当の霊能者本人が喧伝しているに過ぎない。しかしそれについては黙っておいた。空気の読めない奴と友人内で言われたくないからだ。

だからこうした茶番にも付き合っている。

香川さんを憑かれていると断言したその霊能者曰く、内臓に黒い影が見える。それは前世からの因縁だ。あとストーカー男性霊が憑いている。そいつが悪さをしている……。

ただどれも的外れなことばかりであったし、すこし考えれば誰にでも言えそうな事ばかりだった。正直馬鹿らしいところである。

周りの友人に占いや霊能者好きが多く、付き合いで何度かこういった場へ出かけたことがあるが、思い出してみればどれも似たり寄ったりであった。

今回のも当然胡散臭い。

しかし、横にいる友人はいちいち頷いたり、怯えたりしている。

(こいつが霊感商法っぽいことを言いだしたら、そのときは……)

水晶のブレスレットや壷、石などを買え、それで運が開ける、助かる、そんな文言が飛び出してきたら、ちゃんと友人には断らせないといけない——身構えていたが、結局そのような商談はなかった。

そもそも友人のときはよいことしか言わなかった上、不安を煽るようなこともなかった。

自分の時のパターンとは違う。

ただし、見料がひとり三十分一万円という部分は同じだった。

結構な割高であった。

帰る道すがら、友人は案ずる様な視線をこちらに向けた。

「ねぇ、大丈夫？　内臓に影って」

心配しないでと答えるが、彼女はいつまでも引きずっているようだった。

以来、その友人は事あるごとに香川さんを気づかう発言を繰り返した。

「お腹、平気？」

「健康診断の結果、問題ない？」

全くもって異常はない。心配しないでも大丈夫だ、そう答えても彼女は信じてくれない。

いつか本当に何かがあると信じ込んでいる。

憑かれている。こう思い込んでいるからだ。

周りの友人にも話して回っており、誰もが同じように接してくる。


――ヘンなのに、取り憑かれているんでしょ？　大丈夫？


約半年が過ぎ、うんざりし始めた頃だった。

例の霊能者の所へ一緒に訪ねた友人の方が体調を崩し始めた。

酷い貧血。生理不順。そしてお腹全体に刺すような痛みが走ることが頻発している。それればかりか下腹が不自然に飛び出して来ていた。胃下垂とも違う感じだった。

病院へ行っても原因は探れず、薬が出されたり生活改善を促されたりするのみ。

それでも彼女は香川さんを案じ続けた。

「ねぇ、大丈夫？　取り憑かれているんだから、何もない？」

青ざめた顔。眼差しも表情もどこか偏執的で、気持ち悪かったことを覚えている。

それから間もなくして、その友人からお寺に誘われた。香川さんが取り憑かれているから、ではなく、彼女本人が単純に訪ねてみたいだけだという。それなら問題ないだろう。了承した。

約束した土曜の午前中、お寺へ出かける。

何かお祭りがあるようで、参道には出店がパラパラと並んでいた。

掲示物などで分かったが、そのお祭りは〈灌仏会〉というようだった。花祭とも書いてあったが、お釈迦様の誕生日を祝う行事のようだ。

境内に入ると小さな櫓のようなものが組んであり、その中央に鉢のようなものが設えてある。鉢の中央にこぢんまりとした仏像が立っていた。これがお釈迦様なのだろうか。

周囲にいる人々は手に手に柄杓を持っては、このお釈迦様に鉢の中身を掛けていた。

甘茶だ、そう友人が教えてくれた。普通のお茶と違うようだが、飲んだことはないのでどういったものか香川さんには想像が付かなかった。

「ほら、甘茶を掛けよう」

友人が柄杓をこちらに渡してくれた。

二人で鉢の中にある甘茶を掬い、お釈迦様に注いだ。

それとほぼ同時に、耳にしたことがないような音が響いた。

固い胡桃の殻を割るような、いや、それよりも鈍い感じ。擬音で表すなら、全ての文字に濁点が付いたような風でもある。

どこからで、何の音だろう。はっきり大きく聞こえたからすぐ近くのはずだ。香川さんは周囲を見渡す。

横で友人が口を押さえていた。

彼女は柄杓を置くと、そのまま境内から駆け出していく。

後を追いかけ、漸く捕まえた。

彼女はきつく口を噤んでいる。そしてその右手を硬く握りしめていた。

「……はが」

友人が小さく呟いた。

一番奥にある上の歯が突然折れたと、そう言った。

甘茶を掛けたとき、頭の中で大きく鈍い音が響き渡った。

突然口の中に鉄錆のような味が広がる。加えて硬い粒のようなものが口に中に現れた。

舌で探ると右上、一番奥の歯がなくなっていた。

沢山出血しているようで塩っぽい鉄の味がどんどん膨らんでいく。

お寺の境内で吐き出すわけにもいかない。だから外へ飛び出し、そこで口中にあるものを手に出したのだった。

「でもね、違ったの」

彼女が右手を開いた。

洗浄していない排水口よりもキツイ臭いが広がる。

そこには赤黒く粘々した塊があった。

大きさは小豆ぐらいだ。見た目は質の悪い生のレバーに似ている。いや、それよりも黒い。赤身が若干残った黒さ、だろうか。

「硬いのを、歯を吐き出したはずなの。それなのに、こんなものが」

友人を連れ、近くのコンビニを探した。そのトイレで手を洗わせ、全てを流させる。そして水を買い、うがいをさせておいた。

友人は少し何かを考えた後、ぽつりと漏らした。

「奥歯、ある」

さっき、舌で確かめたときは本当に折れていたはずなのに、そう彼女は訝しげな顔だ。

一体どういう事なのか一切不明のまま帰途についた。

あの一件を境にしてこの友人の体調は元に戻った。
体型も元通りになっている。
何が原因で、何のおかげなのか。
そもそも友人の言うことは本当なのか。
ただ、あの甘茶を掛けていたとき、鈍い音を聞いたことは確かだった。

◆

落合さんは疲れていた。
女性向け雑貨販売店で働く彼は、売り上げに常々プレッシャーを感じている。
職について十二年。店長に就いて五年。三十五歳になった今も、それは変わらない。
とはいえ自分が好きな仕事だから辞めるつもりは毛頭ない。
ただ、店長と言えども雇われである。
このご時世、いつ馘にされるのか分からないこともある。
兎に角きちんと結果を残すことが求められているのだ。
ストレスのせいか体重は増え、髪の毛は薄くなってきた。健康診断で示される数値も悪く、それもまた悩みの種だった。

加えて一度結婚に失敗し独身である。が、それはそれでよいと考えている。寂しいが自由だ。家庭という重圧からは解放されている分、いろいろな面で楽にシンプルに物事を考えられる。まだ責任は店長職だけで十分だった。


残業を終え、自宅へ帰った後だった。

深夜、人事について思案を巡らせていた。

近々ひとり結婚で退職するスタッフがいる。だから新規社員の面接を行っている最中だ。時期的に中途採用になる。選ぶなら経験者か何か秀でたところがある人材と思っている。未経験者でも良いのだが、即戦力になるかどうかは資質によるところが多いことがネックだろう。またオーナーの意向も反映させなくてはならないことも前提条件だった。

(この人でほぼ決定だな)

二十代後半の女性に白羽の矢を立てた。オーナーに話を通してあるので、問題はないだろう。後は連絡と各種手続き等に入るだけだった。

が、翌日、オーナーがちゃぶ台返しをしてきた。

「落合君。この人に決めたから」

オーナーが連れてきたのは二十歳になったばかりという女性だった。

見た目が若い、所謂チョイ悪親父的風貌のオーナーとはいえ、隣に並ぶと親子にしか見えない。五十代と二十代なのだから当たり前か。

しかしこの女性、見た目は真面目そうだが本質が違うことが端々から滲み出ている。

着ている服も地味目に見えるが、どこかだらしない雰囲気があった。隙がある、いや、わざとそういう所を作っているのだろう。

異性に受けが良い代わり、同性から嫌われるタイプと言えばいいか。こういう人は仕事もできそうでできないパターンが多い。

「あおいでぇす」

あおい、と名乗って頭を下げる。

上の名かと思えば、それは下の名だった。おかしい。普通は名字から言うだろう。またお辞儀の仕方がわざとらしい。まるで夜の店に勤めている人を思わせる。

いや、多分元はそうなのだろう。ただしプロフェッショナル的な物は一切ない。きっと夜の店にもいい加減に勤めていたに違いない。仕事を舐めている人間に多い空気を感じさせる。

（ああ、こういう人は問題を起こす人だ）

客商売をしていればよく分かる。

しかし断れない。オーナーの意向だからだ。

仕方なく雇ったものの、やはり予想通りでしかなかった。

三人いる男性スタッフや数少ない男性客の受けはよい。しかし仕事は何をやらせてもミスだらけだ。後からフォローすることで余計な手間になる。

女性スタッフや女性客からはクレームが入ることが増えた。

男性と女性では態度が違うことから来るトラブルばかりであった。

馘にしたいが、それは不可能だ。オーナーがバックにいるからだ。

どうもあおいはオーナーの愛人であるらしかった。

実はこのあおいのせいでひとりスタッフが辞めさせられたことがある。真面目で仕事のできる二十代後半の女性だった。彼女はあおいの指導役でもあった。

どうもあおいがオーナーに辞めさせろと直談判したようだ。

理由は気に入らないからだけだと後から知った。

補充スタッフがなかなか決められないまま、激務だけが続くという結果になったのは言うまでもない。あおいだけは涼しい顔をして適当に仕事をしていたのだが。それに注意をすることはオーナーを敵に回すというのと同義である。だから黙っておく他なかった。

また、あおいが来てからは店に悪いことしか起きなかった。

スタッフ間に溝ができ、その悪しき空気が蔓延してしまっている。これが原因で店の雰囲気も荒れ気味だ。一見の客どころか常連の足も遠のいた。

それもあってメインの客層である女性層の売り上げが激減。

代わりに男性客が増えたが、雑貨の売れ筋が代わってしまい在庫などの問題が浮き上がってきた。もちろん男性はそこまで物を買わない。あおい目当ての客は特に少額なものを偶に購入するだけだ。

おかげで不良在庫も増えた。加えてあおいの発注ミスが原因の大量在庫もある。

ワゴンセールも功を奏せず、いつまでも売れない。売れなければそれだけ無駄になることに相違ない。じわじわと店の売り上げそのものを圧迫してくる。

そして備品が壊れることが多発した。

パソコン、コピー機、電話機。電子機器に類するものにトラブルが多い。

スタッフルームに置いておいた冷蔵庫やテレビも然りだ。

寿命ではない。買い換えしてまだ一年経っていないものも多数含まれている。

バックヤード内の蛍光灯が短期で切れることも多い。またどうも以前より薄暗いように感じて仕方がない。そのせいか皆通路で転びかけることがあった。何かに足を取られて軽い捻挫になる者もいたくらいだ。

またスタッフが病気や怪我を負うことも増えた。

男性スタッフは肩から上。女性スタッフは腰から下にトラブルを抱えた。

予期せぬ時に休まれるので店のシフトは乱れに乱れた。

落合さん自身も極度の肩凝りと偏頭痛に悩まされ始めている。これまでとは比にならない疲れも積み重なり、痛み止めや栄養剤などが手放せなくなった。

店舗全体が不幸に覆われているようだった。


あおいが来て二年弱。

赤字転落から倒産もあり得るような予想が立った頃、オーナーが変わった。

元オーナーがスタッフごと店を売ったのだ。

新オーナーは女性で、他の事業を展開する敏腕経営者だった。

これ幸いとあおいを馘にし、辞めさせられたスタッフを呼び戻す。

一からやり直すつもりで様々なことを是正していった。新オーナーも協力的であり、理不尽なことは一切ない。理路整然とものを考えられる人間なので全てが楽に進められた。

打ち合わせの時、どうしてこんな売り上げの悪い店を買おうと思ったのか訊いた。

「この立地条件と顧客データ、以前の売り上げ推移を見れば、少しのテコ入れできちんとした売り上げが出せることが分かっている。あと他の事業との連携を後にしていくためのテストケースにも最適の条件を兼ね備えていたから」

その読み通り、次第に元通り、いや、前よりも売り上げが増えた。

オーナーは喜び、スタッフにも給料アップとして還元してくれた。

また、スタッフの不調も潮が引くように消え去っている。

落合さん自身の肩凝りや頭痛もなくなった。


今考えると、元オーナーもあおいも怪しいところがあった。

例えば、二人とも揃いで身に着けている物か。

数珠のようなブレスレット。俗に言うパワーストーンブレスレットだ。

また、お守りのようなものやおかしな造形の指輪などもやたらとあった。

どれも怪しい広告にあるような代物であり、開運を謳っている商品だろう。実際、あおいと元オーナーが自慢げに話しているのを聞いたこともある。

「ほら、これは開運パワーの指輪なんだ。こっちは有名な霊能者に作って貰ったブレスレット。これは効果あるんだよ」

落合君、お前も作って貰うか、案外安いぞと誘ってくる。やんわり断ったら気分を害したようで強い口調で非難された。あおいが紹介してくれた霊能者だぞ、俺たちが仲介しないと手に入らない逸品だぞ、それを無碍にするのか、と。

取りなすのに一苦労した記憶がある。

しかし、そのような開運アイテムを持っているのにも拘わらず、元オーナーは失脚した。この店舗以外にある各種商売も失敗してしまったのだ。

巨額の借金を抱えた彼は、年若い妻に逃げられた。まだ幼い子供は押しつけられる形で引き取ったが、男手ひとつで育てられるものか。

更に心労からか、身体を壊してしまったとも聞く。それが引き金となりいろいろな病気に悩まされることになったようでもあった。

あおいには逃げられ、残る手段は自己破産であるが、それをしてしまっては新たな商売を興すことも難しくなってくるだろう。また、雇っていた人員への保証なども山積みのまま残っており、頭痛の種は尽きないはずだ。

元オーナーが夜逃げをしたと聞いたのは、それから半年も過ぎない頃だった。

あおいについて、後に分かったことがある。

店の男性スタッフが教えてくれた。

彼女は年齢を誤魔化して、キャバクラに勤めていた。

元オーナーはそこで出会ったようだ。それからあっという間に深い仲となった。

この店に雇い入れさせたのは、昼の仕事をしたいというあおいの願いにオーナーが答えただけに過ぎない。

また、愛人をキャバクラに置いておけないという嫉妬心もあったのかもしれない。

元々あおいは中学を卒業後、仕事を点々としていた。

夜の世界に踏み込んでからは、ガールズバーやキャバクラに勤めている。他にもいろいろな仕事をしていたようだったが、そこは誤魔化されたという。

元オーナーのことは金づるとしか思っていなかったらしい。

「あたし、あんなおっさん厭なのよねぇ。本当に愛してくれる人がいい」

助け出して、とすら言ったこともあった。

話してくれた男性スタッフはそれを真に受け、かなりの金を吸い上げられている。

なんとなく不幸の元凶はこのあおいのようにも思えて仕方がない。

いや、考えてみれば病気や怪我の度合いが酷かったのは、あおいと仲が良かった男性スタッフばかりだ。もしかしたら三人ともあおいと関係を持っていたのかもしれないが、そこは聞かないことにして知らない振りを貫いた。

また、彼等は例の〈有名霊能者が作るブレスレット〉を使っていた。


今も元オーナーがどうなったか誰も知らない。

ただ、スタッフのひとりがあおいを見かけたことがあると言っていた。

「この間ＵＳＪに遊びに行ったとき、羽振りの良さそうな男性といましたよ」

腕を組むその姿はやはり愛人のようだった。


現在、落合さんはオーナーの命令で新規店舗の立ち上げに尽力している。

以前からのスタッフのひとりを店長として派遣する予定だ。

あのあおいに辞めさせられた女性スタッフである。

ただし、引き継ぎをするまではある程度彼が基盤を作る。

彼女たちやる気あるスタッフが仕事に集中し、楽しめるような職場にするのが自分の仕事、そう考えているからだ。

今、落合さんが感じる疲れは、仕事の充足感から来るものである——。

理由はある

高校時代、坂本さんは酷い目に遭った。

初夏、彼女は物が食べられなくなったのだ。

口を開くと顎に激痛が走り、噛めない。僅かな隙間からストローを差して飲みものでカロリーを摂ろうと試みたが、今度は喉が痛い。唾液を飲み下すにも一苦労するくらいだ。

もちろん話すのも億劫になり、最低限のことしか口を開かなくなった。いや、開けないからモゴモゴ口籠るばかりでほぼ片言に近かったのだが。

とはいえ顎関節症でも虫歯でも夏風邪でもおたふく風邪でもなかった。

リンパ節も痛みがなかったし、熱もない。医者に掛かっても抗生剤を出され、点滴をされる程度で終わってしまう。

〈食べられない、飲めない〉生活が続いた。

元から痩せ形であったが、どんどん肉が削げ落ちていく。

楽しい夏休みに入ったが、何もやる気力すら湧かなくなっていった。

お盆、田舎から出てきたお祖母ちゃんがその惨状を見てひと言。

「真希ちゃん。あんた何かしたんちゃうのん？」

病気になるようなことをした覚えはない。首を振れば、お祖母ちゃんはちゃうちゃうと渋い表情に変わる。

「バチが当たるようなことをしたんちゃうの？」

それも心当たりがない。

しかしお祖母ちゃんは頑として言うことを曲げなかった。

まずお仏壇に手を合わさせられた。続いて、近所のお寺へ連れて行かれ、仏様を拝まされた。横ではお祖母ちゃんが何事かブツブツ呟いている。

「真希ちゃんがすみません、なんや、しでかしたみたいで……すみません」

なんとなく真剣に拝まなくてはならないような心持ちになり、坂本さんは手を合わせ直した。もし自分が何かしたのなら謝ります、すみません、もうしません、と。

翌日、嘘のように痛みが消えた。

煎餅だろうが氷だろうが噛み砕ける。冷たい物でも熱い物でも飲み下せる状態だ。

喜んでいると、お祖母ちゃんもニコニコ頷いてくれた。

「ああ、やっぱりなんや、やらかしとったんやねぇ」

もう一度、仏壇とお寺の仏様を拝んだことは言うまでもない。

――後日、田舎へ帰ったお祖母ちゃんから電話があった。

『真希ちゃん、あんた、食べ物粗末にしたやろ？』

なんでも昨日、夢枕に仏様が立ったのだという。

仏様が言うには、ひとつも手を付けないままの食べ物をゴミとして棄てたから罰を当てた、らしい。

「あ。はーっ。もしかしたら」

心当たりはあった。

喉などが痛くなる少し前、彼氏と喧嘩したときだ。頭に来て、買ったばかりのファーストフードのセットメニューを全てトレーごとゴミ箱へ投げ棄てたことがある。

しかし、ただの一度だ。

何故自分だけこんな目に遭わされるのか。

世の中にはもっと食べ物を粗末にしている人もいる。

疑問をそのままお祖母ちゃんにぶつける。

『ああ、そらな。あんたが仏さんに頼んだ子やから』

両親が不妊で、結婚後の数年、なかなか子宝に恵まれなかった。

悩んだ彼らは不妊に効果があるという神社やお寺を巡って願を掛けた。

あるお寺を訪ねた後、めでたく懐妊した。だが、今度は母体にいろいろな不安要素が見つかり、その件でも神頼み、仏様へお願いを繰り返したのである。

無事産まれてからも、何かと身体が弱く、その度にお医者さんにかかった。だから神仏への願掛けを繰り返してきたのだと言う。

『だからあんたは仏さん達とようけ縁があるんや。だからやな、バチも当たる』

そういうことなのか。納得できたような、できなかったような感じで曖昧に返事をしていると、更に言葉は続いた。

『あとなぁ、食べ物粗末にするようなぁ、そういう人とかお店とかなぁ、そのうち小さな積み重ねが積もりに積もって、一気に来るんやで。そのうちや。見とき。そもそも食べ物を粗末にするようなモンは、他のことも粗末に扱う。人間として下の下や。バチなんぞ当たらんでも、酷いことなるわ』

何はともあれ、食べ物は大事にしようと坂本さんは心に決めた。

彼の地で

牧原さんは仲間達とボランティアへ参加した。

東日本大震災の後だ。


彼等に海沿いの家を片付けて欲しいと依頼があった。

「あ、中に仏壇が残っているから、外へ出してあげて」

牧原さんはひとりで内へ入る。確かに仏壇があった。

波のせいか、壁に押しつけられた形でぽつんとそこに佇んでいる。

できるだけ傷めることがないように、そっと仏壇上部に手を掛ける。そのまま手前に引いて、身体の右側に凭れ掛けさせ一旦支えた。

そのまま抱え込み直そうと少し体勢を入れ替える。

顔を仏壇の向かって左側面へ持っていく形となった。

丁度仏壇の背面越しに向こう側が見える。

「……え?」

そこに誰かが居た。

小学生くらいの女の子だった。

一瞬の後、ふっ、と仏壇の影に姿を隠す。

現在この場所には大人しかいないはずだ。

誰だろう。仏壇を元に戻し、女の子が居た場所を確かめた。

隙間がなく、誰も入ることできない場所だった。

その家の住人で亡くなった方に小学生の女の子が居たと後から聞いた。

今もその子の遺体は見つかっていない。

◆

牧原さんが他の家を片付けているときだ。

「おーい、そっちに女性が行った？」

他のボランティアから声を掛けられた。

こちらの部屋には誰も来ていない。少なくとも自分は誰の姿も目撃していない。

その旨を伝えるが首を捻られた。

「そっちに女性が行ったように見えたんだけどなぁ」

気のせいでしょうと部屋の清掃を続ける。

「……あ」

ある場所に、ご位牌があった。

大事に取り上げ、そっと表面を拭った。

そこに記されていたのは、ある〈女性の名前〉で、ご年配の方のようだった。

さっきの「そっちに女性が」の意味がなんとなく理解できた瞬間だった。

◆

牧原さんの知りあいもボランティアに参加していた。

これはその彼の話である。

ある家で戸袋を外さなくてはならなくなった。

引いて隙間を空ける、または無理矢理こじ開けるか。

とりあえず戸袋に近づく。

「――そこ、ドライバー使って！」

背後から声が聞こえた。

振り返ると誰も居ない。

一体誰の声だ。そもそもただの戸袋、工具など要るだろうか。訝《いぶか》りながら戸袋を調べた。

木ねじで固定されており、ドライバーを使わないと開けられないようになっていた。

夜道を照らすあの場所は

松坂さんにお父さんがぽつりと話したことがある。

若い頃、ほんの少しだけれど、不思議なことがあったんだ、と。

非科学的なことを否定するタイプの父親がこんな事を話すのは珍しい。それに、どういう風の吹き回しなのか彼女にも分からなかった。

水を向けると、訥々と話し始めた。


時は昭和六十年。

お父さんは大学受験を間近に控えていた。

夜遅くまで机に向かう。そんな日が続いていたある深夜のことだった。

丁度勉強に興が乗ってきたとき、どうしても外に出たくなった。

気分転換など、そういう類ではない。強いて言えば喉の渇きに近い。渇望、という言葉がしっくりいくような欲求だった。

(行かなきゃ)

椅子から腰を上げた……ところで記憶が飛ぶ。

気が付けば、すでに外であった。

暗い路地の途中にいる。褞袍を羽織っているが、足元は父親の下駄を履いており、寒いことこの上ない。いや、つま先には痛いくらいだ。

（しかし、この先へ行かないといけない気がする）

路地を抜け、少しだけ広い道へ出た。

もう少し行けば、自動販売機だけが設置してある寂しい場所だ。確か大通りから二本ほど中へ入った場所で、他に店などはない。

おまけにそこは自宅から結構離れている。どうしてこんな所にいるのかすら分からない。

自販機が目に入った。が、その前に誰かがしゃがみ込んでいた。

そいつは鳥打ち帽とマフラーらしき物で顔を隠している。

体型から察するに男で、ジャージの上下を身に着けている。

こちらに気が付いていない。下駄の音が聞こえていないようだ。いったい何をしているのか。そっと下駄を脱ぎ、近づいていった。

男の手元には、茶色い炭酸ドリンクの壜があった。

それを取り出し口に差し込もうとしているようだ。

はっと気付いた。

（これ、前に新聞とかニュースで見たあれか）

パラコート連続毒殺事件である。

清涼飲料水の中に農薬（パラコート）を混入し放置。誤って飲んでしまった人が亡くなるという赦しがたい事件だった。

被害は全国に広がったが、当時様々な事件が頻発していたため印象に薄い犯罪である。これは以前起こった「青酸コーラ無差別殺人事件」に端を発するのかも知れないとお父さんは興味を持っていたのである。

「おいッ！　何をしているッ！」

怒鳴りつけながら羽交い締めにした。相手は暴れる。

考えてみれば武道の心得も何もない。筋力は最低限。スポーツも何とか人並みにこなせる程度の運動神経しか持ち合わせていない。しかし何故か腹の底から力が湧いてきた。

相手の腕を取り、地面に叩きつけた。

激痛のためか起き上がれない様子だ。

乱闘のため脱げた帽子とマフラーの下にある顔は、見知った物であった。

近所に住む大学生の山下である。

馬乗りになり、再び脅し付けた。

「お前、何をしようとしてたッ！」

山下は観念したのか、ポロッと喋る。

「あっ、あっ、毒入りジュースを置いてやろうと……」

ただの悪戯だと言い放つ。怒りの余り、何度か殴り付けた。

山下は悲鳴を上げた。

ごめんなさい、ごめんなさい、毒は入れていない。ただ、他の物……言い訳を始めた。

一体何だと問えば、毒と称しているのは山下の身体から出た液の一種であった。

「この辺りに住んでいる○○さんの娘が可愛いから、その娘が拾って、ゴクゴク飲まないかなと、つい」

お父さんはカッと頭に血が上り、更に殴り付けた。

警察に突きだしてやる、そう脅せば相手は泣きだした。

家庭環境や人間関係で悩んでいて、やってしまった。パラコート事件がヒントだったが、あれほど大それた事をしたい訳ではない。変態行為だということも理解している。赦して欲しい、絶対にもう二度としないから……そういう意味のことを言いながら、山下は顔の前で両手を合わせた。

急に馬鹿らしくなって解放してやると山下は脱兎の如く闇の中へ消えていく。

その背中に怒声を浴びせた。

「またこんなマネをしてみろ！　俺がお前を警察へしょっ引いてやる！」

怒りが冷めやらぬまま、アスファルトの上を見下ろせば、そこには茶色い小瓶が落ちている。蓋が外れ、中身は出ていたから誰かが飲むことはないだろうが気持ち悪いことこの上ない。だから側溝へ蹴り落としておいた。


その後、山下は別件で逮捕された。

下着泥棒だった。

初犯だからと執行猶予が付いたが、山下本人は逃げるように他の土地へ出て行った。

残された家族が肩身の狭い生活を強いられたことは言うまでもない。


「うん。それで？」

松坂さんはお父さんに続きを促した。

確かに不思議なことはあるが微々たる物だ。

急に外に出ていきたくなって、途中意識がなくなって、気が付けば犯罪を未然に防ぐことになった。こういう話である。

　この先はないとお父さんは言う。が、ふと疑問が湧いてきた。

「ねぇ、どうして家から離れた場所に詳しかったの？　よく通っていた道なの？　それになんでそんなに頭に来たの？　ねぇ、正義感？」

　少しお父さんは口籠った。

「……実は、その娘というのが当時好きだったクラスメートなんだ」

だから山下が口走った「○○さんの娘」というのを聞いて激高したのだった。また自宅から遠い場所でもすぐ分かったのは好きな子の家が近かったからに過ぎない。

「それって、ストーカー？」

「違う！」

お父さんは顔を真っ赤にしている。面白くなってからかってしまった。

「ねぇ、○○さんとはどうなったの？」

一瞬間が空いたとき、母親がリビングに入ってきた。

お父さんはそちらを指さして、「これだ」とだけ言う。

　まさか。

「○○さんってのはな、長島だ」

長島は母親の旧姓である。
お父さんは、無意識に現場へ行き、犯罪を未然に防いだ。
そしてそれは結果的に将来の自分の妻になる人を護る結果になった訳だ。
松坂さんにとって、いろいろな意味で驚く話になった。
しかし何故このタイミングでお父さんはこんな話をしたのだろう。
それもまた不思議なことであった。

なく

永井さんは営業職に従事している。

顧客は企業よりも個人対象が主で、個々の家に訪問することが多い。

ここ最近は定年間際の先輩と二人チームを組んで営業を掛けていた。

先輩が退職する前に仕事の引き継ぎをしなくてはならなかったからだ。

「ほら、永井さん。ここのお客さんはね……」

先輩は同行中は客の情報を細やかに教えてくれる。

名前、どういう家族構成か等の基本情報は当たり前で、他にも営業を掛けるときに必要なことを詳しくインプットしてくれていたように思う。

が、思ったより早く引き継ぎは終わってしまった。

先輩が身体を壊し、入院してしまったからだ。よってすべて途中となってしまった。

仕方なく永井さんはひとりで顧客を回ることになった。

とはいえ、流石に不安だ。

病院に見舞いがてら足を運んでは先輩から未確認の客に関する情報を訊く。

しかし、以前のような詳細を含めた説明ではなくなっていた。病床からと言うこともあるだろうが、実際現地を訪れなければ伝わりづらいことがあったのかも知れない。


ある日、永井さんは一軒の家を訪ねた。

嶋さんという客だった。

〈女性。年齢は八十歳。息子さんと二人暮らしであったが、その息子さんは癌で他界。その当時の落ち込みようは酷かった。現在はひとり暮らしをしているはずだ〉

事前に先輩から聞いたデータはこの程度である。

その嶋さんと直に顔を合わせてみれば、現在は三人暮らしになっていた。

嶋さん、その娘、孫、である。

娘は離婚し、嫁入り先から出戻っていた。

またその息子はすでに成人しており、今は腕のよいシェフとして働いている。

自慢の孫であるようだ。

仕事の話を手短に終え、お茶を御馳走になりながら世間話に花を咲かせた。

年老いた人は話し相手が欲しいのか、会話が弾む。

そして自分のことも聞いて欲しいのだろう。

　彼女としては、そういう時間も好きだった。

「あ。そういえば永井さん。前に住んでいた家が火事になった時なんだけどねぇー、火災保険に入っていて本当に助かったのよぉー。かなり前のことなんだけど」

　それはよかったですねと答えれば、更に話は続いた。

「でね、うちの火事は原因不明なのよねぇー」

　不審火、というものか。

　放火なのかそれとも漏電などによる発火なのかすら不明。

　結局その家には住めなくなったので、現在のこの家へ引っ越してきたのだという。


　訪問後、永井さんは顧客データを作るついでに火事にあった家について調べてみた。

　住所から割り出してみて驚いた。

　そこは地元では有名な旧家であると同時に、商家としても名が知られていたのだ。一度は保険金で再建したものの、結局廃業。原因はすべてがこの〈不審火〉からであった。

（確かに、いつの間にかなくなっていたなぁ）

　その商家の名前はある程度知っていた。

　しかし、それが自分の顧客の家だったとは。改めて驚いた。

再び嶋家を訪ねたとき、火事になった前の家について話題を振ってみたことがある。

いつもの雑談のつもりだった。

「嶋さんの前の家って、あのお店だったんですね」

それがきっかけになったのか、嶋さんは自分の身の上を語り始めた。


嶋さんは隣県で産まれた。

母親を早くに亡くし、父が再婚した。が、その相手と折り合いが付かず、辛い少女時代を過ごした。それもあって実家とは殆ど縁を切っている。

実家はないようなもの、そう彼女は言う。


嶋という名前は嫁いだ先の名前である。

何故その様な有名な商家へ嫁いできたかと言えば、親戚の紹介で縁があったに過ぎない。

家に入ってみて知ったことがある。

この嶋家は〈男性が夭折する〉家系であったことだ。

事実、嫁いだ相手はすでに病床に臥せっていた。

この為、周囲からは「金のために嫁いできたのだろう」、そんな罵倒を受けることが多々あった。嶋さん本人は一切そんなことを考えたことがなかったから、辛かったようだ。

ただ、嶋家の舅のおかげで彼女は周りの心ない声に耐えられたとも言える。

舅はとてもよい人だった。

だから、この舅の為にも頑張らなくてはならないと嶋さんは奮起したのだった。


「だからね、本当に嶋の舅はよい人なの」

熱を帯びた口調に反して、永井さんにはある疑問が浮かんでいた。

(どうして、夫や姑のことは何も語らないのだろう？)

忘れているのか。それとも意図して避けているのか。

それに男性が早死にするという家系なのに、舅は長生きではないか。

「でね」

嶋さんの話は続いている。

相槌を打つ最中、耳を疑うような言葉が飛び出してきた。

「嶋の家ではね、男が死ぬ前にね、仏壇が」


――なくの。

なく？　泣く？　鳴く？

どのような漢字を当てはめるか分からない。

「跡取りの男性が亡くなったら、なくのよぉ」

涙を流しながら発する声か、それとも動物が発する声か、訊いてみるが要領を得ない答えしか返ってこない。

ただ、なく、とだけだ。

どんな声なのか再現して貰っても形容しがたいとしか言い様がない。

文字で起こせば〈ヒイイイイイイイイイ……〉であるが、それもニュアンスが違う。


「もちろん、舅の時も〈ないた〉のよ」

仏壇は舅が死去する前にもないた。ヒイイイイイイイイイイ……、と。


その後、嶋家の家屋が焼けたときだ。

嶋さんは瞬時に判断した。

（この仏壇を持って逃げなくてはならない）

家の為にはこの仏壇を護らなくてはいけない。

そもそも、中には亡くなったあの舅がいる。

彼女は仏壇を抱えて外に飛び出した。

女の細腕でよく出来たものだと我ながら思った。火事場の馬鹿力は本当だ、とも。それほど大きく立派な仏壇だった。

が、しかし、逃げだした後、息子と娘には散々詰られた。

「どうして妻が夫を気にかけずに仏壇だけ運んだんだ！」

彼等は寝たきりになっていた父親を運び出していた。

布団を担架のようにして、必死に家の中から助け出したのだ。

嶋家にとってよかれと思って仏壇を護ったことは正しくなかったのか。子供達は延々と母親である嶋さんを責める。

それでも仏壇を護りたかったのだから、仕方がなかった。

騒動の後、亡くなった舅のために家業を再開する努力をした。

が、それも無駄に終わる。

まず、寝たきりの夫が亡くなった。

やはり仏壇は死の前にないた。

残された息子が自動的に跡取りとなったが、彼は外へ出ることを決めた。

会社員の道を選んだのだ。

「時代遅れの商売だ。跡を継ぐ気はない」

結局、店を畳むことが決まってしまった。

店舗兼自宅を解体しなくてはならない。が、一旦更地にした後、そこに家を建て住もうと嶋さんは考えていた。

しかし息子は言う。

「一からやり直そう。古い物は全部捨てて行こう」

その言葉に従い、縁もゆかりもない、この家に来たのよ、そう嶋さんは言う。

生まれ故郷のある隣県にいるはずの親戚には、引っ越しのことを何ひとつ教えなかった。

「商売が上手くいかなくなって失踪したと、親戚には思われているかもねぇ」

嶋さんは笑う。が、しかしと続けた。

引っ越し直後、息子さんに癌が見つかった。

病気らしい病気もしたことがない健康体だったはずだ。

しかし若いせいもあって、癌細胞はあっという間に彼の身体を蝕んでいく。
そして、命を奪ってしまった。
十年近く前のことだけど、そう嶋さんは息子のことを切々と語る。
どれだけよい子だったか。どれだけ優秀だったか。自慢の息子だったに違いない。
（息子さんの時も、予め仏壇は〈ないた〉のだろうか？）
永井さんは訊かなかった。どうせ仏壇は新しくなっているだろうから。
ふと思い付き、息子さんにお線香を上げさせて欲しいと頼んだ。
嶋さんは喜び、仏間がある奥の方へ通してくれる。
（うわっ……）
彼女は息を呑んだ。
古びた、大きく立派な仏壇がそこにあった。
どう見ても最近買った物ではないのは明白である。
「……仏壇を持ってきたんですか？」
嶋さんはさも当然のように答える。
「息子は反対したけど、火事の中から必死で運び出した仏壇だもの」
仏間全体が薄暗い。電灯を点けても、なお。

そして仏間の鴨居の上には、男性達の遺影がずらりと並べられていた。

女性のものは一枚もない。

跡継ぎを大事にする旧家だからそういうしきたりなのか。

息子の遺影が一番新しい物だろう。その隣は夫か。

もうひとつ遡れば嶋さんが大事に想っていた〈舅〉の顔を確かめることは可能だ。

しかしそれは出来なかった。

正直な話、少々パニックに陥っていた。

不自然に暗い仏間。居並ぶ男達の遺影。

そこに、あるはずがない、棄ててきたはずと思い込んでいた仏壇がある。

そう。あの〈なく〉と言われていた代物だ。

とてもじっくり見られるものではない。

手早く線香を立て、手を合わせた。


嶋さんの家を辞すとき、永井さんはふと質問を口に出した。

「あの、お孫さんって、男の子ですよね？」

嶋さんはにこやかに返事を返す。

「そうよ」

癌で亡くなった息子さんは独身主義とも聞いている。

だから、彼がいなくなれば、嶋家は嫡子がいなくなるはずだった。

しかし、娘さんが子を連れて出戻ってきた。

姓も嶋に戻しているのだろうか。

そうならば――孫は嶋家の後を継ぐ正統な人間となったことを意味する。

「息子が亡くなって、この家もこれで終りね、って思っていたら、娘が離婚して戻ってきて。それも男の子の孫まで連れて」

本当によかった、そう嶋さんは言った。


ドアが閉まった後、ふと振り返る。

表札には〈嶋〉とだけあった。

二世帯住宅や別姓の人間が住む家のように、二つの名字は並んでいない。

（ああ、やっぱり）

娘さんは嶋の戸籍に戻り、孫も嶋を継ぐのだ。

永井さんからすれば、解せないことはまだまだ残っている。

仏壇ではなく、代々の遺影が残っている。とすれば、元の仏間は焼けていない。

火の手が迫っていない場所から、何故必死に仏壇を引きずり出したのか。

また、どうして仏壇を棄てなかったのか。

愛する自慢の息子の〈すべて棄てていこう〉という言葉を無視してまでも。

そして愛しい孫が跡継ぎになったのにも拘わらず、未だ仏壇を処理していない。

（普通なら、こんな縁起でもない仏壇なんて棄てると思うんだけど）

仏壇が〈なけば〉、跡取りが死ぬのだから。

嶋さんが敬愛していた舅が割と長生きしたと言っても、結果死んでしまったではないか。

仏壇がないて……。

そこまで考えたとき、はっとある予想が浮かんだ。

もしや、嶋さんはあの仏壇を良い物と捉えているのだろうか。

〈大事な人の死を予告してくれる良い仏壇〉と。

だから仏壇を残したのか。予め、男性達の死を知るために。


仏壇に関する嶋さんの真意は、未だ分からない――。

五右衛門風呂

　堀内さんが子供の頃、家の風呂は五右衛門風呂であった。

　五右衛門風呂とは、鋳鉄で作られた風呂桶の下から直接火を焚き水を湧かすものだ。石川五右衛門が釜茹での刑に処されたことから付けられた名と言われる。

　両親が借りていた家は広く、部屋数はあった。が、古く、いろいろなものが不便であったことを鮮明に覚えている。

　この風呂もまた、そのひとつだった。


　彼女はこの五右衛門風呂が怖かった。

　桶の下部は高温となるため、踏み板を沈ませて入るためである。

「美栄子、ほら、こン下は地獄ン池のごつ熱いけんが。板がねぇと煮えて死んでしもうぞ。きちーっと板ば踏め」

　一緒に風呂に入る度、父親がこのように脅し付けていたからに他ならない。

　また、お手伝いで風呂を沸かすのを手伝うとき、母親が焚き口からオガライト（おがくずを固めた燃料）を入れ、火をつけるのも見ていた。強い炎を目の当たりにしていたから、風呂の真下で吹き上げる炎も容易に想像できた。
だから、板の上は安全で、父親や母親の膝の上に座ればもっと大丈夫だ。そう自分に言い聞かせないとお風呂に入ることができないほどであった。

その日は父親の帰りが遅かった。
母親も細々とした用事を済ませると忙しそうにしている。
「お風呂は沸かしておいたけん、美栄子、早よ入り。もうひとりでも大丈夫やろ」
八歳。これまでひとりで風呂に入ったことはなかった。
渋っていれば、忙しいときに手を煩わせるなと怒られる。
半分泣きそうになりながら風呂へ向かった。
服を脱ぎかけていると、何か低い音が耳に入った。
まるでお寺の鐘を遠くから聞くような、そんな風だ。
耳を澄ます。浴室からそれは伝わってくる。
立て付けの悪い、曇り硝子の入った木戸を開けた。音が更にはっきりする。
（……五右衛門風呂の）

釜の部分からか。服を着直しながら、近づいた。
確かにここからだ。風呂の木蓋を外した。もっと音は大きくなった。
そして、湯気の沸き立つ水面が揺れている。
底を下から叩けば多分こんな風に水面が荒れるだろう。
確かに釜の音は底の方から、重く、低く響いている。
ごうん……わあん……ごうん……わあん……。
それは次第に浴室のタイル壁すら揺らすように変わっていった。
はっと我に返る。
泣きそうになるのを堪えながら、母親の元へ走った。
「おかあさん、おかあさん、おかあさん、おかあさん」
叫べども叫べども応えはない。
どこにいるのだ。まさかどこかへ行ってしまったのか。家には自分しか居ないのか。
堀内さんは泣き叫びながら一番奥の仏間へ転がりこんだ。
そこでもう一度衝撃を受けた。
母親が倒れていた。
丁度仏壇の前。そこに横倒しになっていた。

縋り付くが反応はない。白目を剥き、口から泡を吹いていた。線香の匂いが強く漂っている。まだつけたばかりか、長い。灯明も上がっており、今まで仏壇に手を合わせていた。そんな空気が漂っていた。

どうしてよいのかおろおろしている最中、父親が戻ってきた。

堀内さんは精一杯の声で呼んだ。その声色に何かを感じ取ったのだろう。父親が仏間に飛び込んでくる。

一瞬で状況を察知したのか、父親は母親の頬を何度も張り、気付けを行った。

数分で母親は目を覚まし、事なきを得た。

その日はお風呂なしで眠らされた。興奮して寝付けない。夜遅くまで家の居間辺りから父母の言い争うような声が伝わってきて、それも睡眠を邪魔していた。きちんとすべてが聞こえていたわけではないが、全体的に言えば父親が母親を詰っているようであった。

結局、眠ったのは朝方だった。


翌日から浴室は閉じられ、銭湯通いになった。

そしてその間に風呂工事が始まった。もちろん家主には許可を取っていたようだ。

五右衛門風呂はガス風呂へと変わった。新しい浴槽が入れられ、全く違う姿へ変わったのである。

費用を負担したのはわが家であった。結構な金額だったらしい。借家なのにそこまでしてお風呂を改装したかった理由は分からない。

だが、そのおかげで堀内さんは風呂が怖くなくなった。

あの変な音も二度と聞くことはなかった。


堀内さんは現在四十歳手前である。

結婚をし、家庭に入った今も五右衛門風呂の時代をふと思い出すことがあると、同時にある記憶も蘇った。

あの異音を聞いた日の少し前、母親の体調が酷く悪かったことだ。

顔から血の気が引き、畳の上に横たわっている姿は本当に痛々しかった。

また、その前後、母親は一緒にお風呂に入ってくれなかった。忙しいから、今日は都合が悪い、父親と入れ、そのような感じであった。

急な話でもあったし、どこか不自然さを感じたことは否めない。

またこの頃、洗濯機を覗いたとき偶々母親の下着を見たことがある。酷く汚れていた。

それは黒っぽい茶色をしていて、気持ち悪くなる臭いを伴っていた。

原因は知らない。女性特有の理由で付くような汚れではなかったようにも感じる。

これらについて問い質そうにも無理だ。

母親は堀内さんが成人した頃、父親と離婚し出て行ってしまった。

彼女が大人になるのを待っての行動であった。

以来、母親の消息は不明である。だから訊けない。

原因は母親にあるのだとだけ、父は教えてくれた。それ以外は口を開かない。「言うと俺とあいつの恥になるけん。娘のお前にもよう言わん」、それだけだった。

その父親も先日鬼籍に入った。


五右衛門風呂のあの時代は、遠い過去となった。

元凶

恵さんはあと二ヶ月ほどで三十歳になる。

民間病院に主任看護師として勤めており、皆から頼りにされているようだ。

人手が足りないから自動的に主任になったようなもので、やらなくてはならないことをやっているだけと謙遜する。

こざっぱりとしているが二十代ということもあり、それなりに流行りのものも押さえている印象だ。顔は柔らかい感じだが、眼力がある。背は女性にしては高め、中肉中背であろうか。アクセサリーはピアスのみで、普段は着けていないという。

肩まで伸ばした髪は明るめに染めているが根元が少し黒くなってきていた。美容室へ行く気力と体力、暇がないらしい。この取材もせっかくの休みを潰して付き合ってくれたのだろう。事実、仕事の他はできるだけ休息をするようにしているようだ。

現在勤めている部署を聞けば納得せざるを得ない。

体力的、精神的に辛いところなのだから。

「私個人のことなら書いてもいいです。ある程度誤魔化して欲しい部分は先に言いますから。そこさえ守ってくれたら。でも、病院であった不思議なこととかは書いたらダメですよ。私もできるだけ話さないようにしますから」

最初に釘を刺された。

病院に勤める者には守秘義務がある。

患者の個人情報など外部へ漏らしてはならない。これは職務規程だ。もちろん職種の如何を問わない。医師、看護師だけではない。病院業務に従事するすべての人間に該当する。病院を退職したとしても例外ではない。この個人情報には検査結果や診療内容など多岐に渡る。兎に角、患者の個人情報を保護するためには一切を語らないことだ。もし現役でこれを守らない人がいるのなら、それはとんでもないこと――冷静な口調ながら、恵さんは憤るような表情を見せる。

守秘義務に関して会話を交わしているとき、ふと恵さんの両手が視界に入った。

とても荒れていた。

一部は変形するほど腫れているし、色も変わっている。日夜看護業務に明け暮れているからだろう。指輪を嵌めていない理由もそこにあった。代わりに、ではないがとても可愛い小さな腕時計をしている。

やはり腕時計も病院業務の時は着けられない規定になっている。代わりにナースウォッチという専用の時計があるようだ。

大事なものなんです、と恵さんは時計を外して見せてくれた。

何の変哲もない国産のものあったが、手入れが行き届いているおかげでとても綺麗に保たれている。お守りみたいなものだ、そう恵さんは教えてくれた。

◆

恵さんは幼い頃、父方の祖父母、父母の五人で暮らしていた。

家は当時としては新しく、またモダンな造りだったと思う。

流石に二世帯住宅ではないが、二階建てで部屋数も多い。一階と二階に洋式トイレがあった。祖父母も足腰がしっかりしているため、階段も苦にしていない様子だ。庭の片隅には太陽熱温水器なども設置されており、真夏はそれだけでお風呂が事足りるくらいだった。

曾祖父が豪農だったこともあり、元々は大きな旧家然として建物があったようだ。

それを壊し、新たに建て直したのは恵さんが産まれる少し前だった。

周囲の田畑などの土地は元来曾祖父名義のものだったが、今は違う。売られてしまっていた。とはいえ、家の庭そのものも広い。生け垣や石、ブロック塀で囲まれた敷地内は四トントラックやセダン、ワゴン車などを五台駐めてもまだまだ余裕があったし、偶に祖父の友人や知人を多数呼んで大宴会を開くほどスペースに余裕があった。

大きな農機具を収納する小屋や牛小屋もあったと聞くから、当然だろう。

その広大な庭の片隅に石造りの蔵が残っている。

二階建てと同じくらいの高さに屋根がある。横幅はさほどないが、奥行きがあった。印象で言えば、長方形の積み木を寝かせ、上に三角の積み木を乗せたものに似ている。

石肌の色のままだから全体的に灰色だ。外壁上部に窓が切ってあるが、厳重に漆喰か何かで塗り込められている。出入りするところに大きめの観音開き扉が設えてあり、大体大人二人が並んで入ることができるほどのサイズがあった。

これも曾祖父の代に建造された物で、元来〈値打ち物〉を収めていたのだが、当時はすでにそのようなものはひとつもなくなっていた。

代わりにではないだろうが、そこにはひとつの仏壇が設置してあった。

入口真正面から見て、一番奥の壁にぴたりと背をつけて置いてある。

金色で豪奢な印象の造りであるが、まず驚くのは大きさだろう。

上下左右、装飾部含めほぼ壁一面を使っていると言っても過言ではない。

中央に巨大な仏壇本体がある。

これは通常の仏壇を拡大したような造りであった。

畳にして六畳分ほどはあったかもしれない。

畳の長い方の一辺は大体大柄な大人の男性の背丈ほどある。そう捉えれば大体の大きさが分かるだろうか。

位牌を置く場所は何段もの棚になっていた。

棚最上段は仏像が五つ。その下の段にある位牌は古びた大きな物が並ぶ。この辺りは梯子かなにかないと手が届かないほどの高さだろう。

そこから下の段へ行くにつれ、位牌は少しずつ小さくなっていったように記憶している。棚それぞれの段はまだ余裕があったし、所々歯抜けのように何も置かれていない場所があった。そこには元々何かがあったのか、それともただ空けているだけか。理由はよく分からない。

乗せられた位牌は、古い物、新しい物、小さい物、大きい物、白木らしきもの、塗りのもの、いろいろあって統一性がないのも気になるところであったことは否めない。

また、蔵の中は外からの光源を取る窓がなかった。

内側から確かめてみれば、開口されていたであろう場所は白く潰されていた。ここも外と同じく漆喰か何かを充填したようであった。

扉から外部の光が入ったとて、まだまだ暗い。

だからだろう。壁面や天井には幾つも照明が取り付けられていた。

蛍光灯ではなく、白熱球を用いているせいか橙色の灯りである。スイッチは出入り口にあり、きちんと電工会社が施工しているようだった。

その暖かな光に照らされ輝く巨大な仏壇は、恵さんにとって大きなパイプオルガンに似ているように思えて仕方がなかった。

テレビや本で知った、あの素晴らしく美しい、壁一面を埋め尽くすようなあの楽器だ。

今になって考えてみればそれはおかしな話であるが、当時はそのように目に映った。

ただ、この仏壇のすぐ手前には縄が張られており、途中で遮られた形になっていた。

大人が手を伸ばして仏壇にギリギリ届くくらいの距離だ。どうも縄から向こうには誰も入ってはならない決まりになっているらしく、祖母、父母共にその先へ入った姿を見た覚えがない。唯一の例外として祖父だけが掃除や供物の取り替えで縄を潜っていた。

家族が拝むのはこの仏壇で、家の中に仏間はない。

だから毎日一度は蔵へ出入りすることになっていた。

惠さんの友達にも何度か蔵の中を見せてみたが、皆一様に「凄い」としか感想を漏らさない。中には怖いとべそを掻く子もいるほどだったから、言いつけを破って縄の向こうへ行くような者はひとりもいなかった。

後に祖父母から教えて貰ったが、曾祖父が牛小屋を解体した後に蔵の改造をしたという。元々中二階があるような造りで一般的な蔵と大差がなかった。そこに値打ちのある物を収めていたのだが、廃農したときにすべて処分してしまったのである。牛小屋や農機具小屋を潰したのも同じ理由からだった。

借金があったからだ、そう祖父は断言する。

曾祖父は浪費家であり、また呑む打つ買うをやめることができない性質であった。

そして農業そのものを厭い、作業は金で他人に任せていた節がある。祖父はそれを目の当たりにしていたので、いつかすべてが崩壊するだろうと予想していた。

それは当たり、すべてを失った。曾祖母もこの時期、亡くなっている。

その後、曾祖父は蔵に仏壇を設置し、朝晩拝むようになったのである。

突然信心し始めたので、祖父達は面食らってしまったという。

加えて、曾祖父は真面目に外へ働きに出、賃金を家に入れ始めた。

家族は喜んだ。真人間になったのだから。

その内、曾祖父は周囲の人からある程度の信用を勝ち得たようで、数名から店を持たないかと誘いを受け始めたのである。

が、早死をしてしまった。これからというときだったようだ。

斯くして石蔵と仏壇は残された。

それを祖父が継いだ。

祖父は生前の曾祖父から幾つか仏壇に関する由来を聞いていた。

例えば納められた仏像は名のある僧侶から譲って貰い、魂を入れて貰った物。位牌は近隣の親類縁者のものであり、一括で管理しているからあのような数になった、など。

「ほら、だからあの位牌の中に曾祖父さんもいるよ」

祖父があの立派なのだと指さす。仏像の真下にあるものらしかった。だから、曾祖父を拝むときはそれに向かって手を合わせるのが常であった。

また、曾祖父は売り飛ばした田畑にも数体の石仏様を無断で据えたらしいが、そのうち何処かへ散逸してしまったとも言う。

ともかく、すべては曾祖父から始まったようであった。

恵さんが小学校五年生に上がった頃だった。

忘れもしない、風の強かった春の日だ。

あまりの強風に友人宅を早めに辞した。そのまま家に戻ってきたが、母親の姿がない。おやつを貰いたかったので、いろいろな場所を探し回った。

一番奥、祖父母が寝室にしている和室に祖母が居たので母親の行方を訊ねる。

彼女は無言のままじっとこちらを睨み付けて来た。初めてそんな態度を取られて、ショックを受ける。何か取り繕うべきなのか。幾つか言葉を選んで話しかけるが、硬化した態度は和らぐことがない。

バツが悪くなり、その場を離れた。

まさかここに母親は居ないだろうと風呂場を覗くと誰かが入っている。シャワーを使っているようだ。脱ぎ散らかされた服から母親だと分かった。が、違和感がある。几帳面な母は服をこのように散乱させたままにはしない。

ドア越しに声を掛ける。水音が止まった。母親が身を堅くしているのが伝わってくる。

「おやつは?」

「……待ってて。あと少ししたらお風呂から上がるから」

返事をして、庭へ出る。

家の中に居れば祖母に怒鳴られそうな気がしたからだ。

辺りをぶらついていると、堅い物を何かにぶつけるような音が聞こえた。

方向的に蔵のある方だろう。

行ってみれば入口の戸が開いており、風に煽られて壁に激突していた。

閉めておかなきゃ、そう考え近づいていく。

戸に手を掛けたとき、中に誰かが立っているのが見えた。

祖父だった。

灯りも点けず、背中をこちらに向けじっと立ち尽くしている。

仏壇の方を向いているので拝んでいるかと思えばそうでもなさそうだ。両手はだらり、身体の脇に伸ばされていた。

薄暗がりの中、外部からの光にぼんやり浮かぶ祖父の背中と仏壇の金色に、何故か寒気を感じてしまい、声も掛けられないままそこから逃げた。

見れば母親が玄関から手招きをしている。

チョコレートのドーナツを貰ったが、すでに食欲は失われており、残してしまった。

その日から約三ヶ月が過ぎた、夏休み前のことだった。

昼休みの途中、先生に呼ばれた。祖母が迎えに来ていた。車に乗せられたが何処へ行くとも言わない。無言のままずっと走り続ける。こちらが話しかけても何も答えてくれない。

ふとあの春の日を思い出してしまった。

同じような道を何時間もグルグル回った後、漸く家に戻る。車から降りるが、周囲の様子がいつもと違う。具体的にこれとは言えない。雰囲気が一変しているとでも言うべきか。

家の中へ駆け込めば、祖父は何処かへ電話していた。ぼそぼそ力ない感じだ。

母親はソファに座ったままぼんやりとしていた。こちらに顔を向けるだけで、それ以外は何もしない。

いつの間にか祖母が後にいたが、何か呟いてから部屋から出て行こうとする。

聴き取れなかったので、そのことを訊ねると強い口調で何かを言った。


——オトウサン　シンダカラ。

一瞬頭の中で意味を組み立てられなかった。
何度か反芻するように言葉を繰り返して、やっとそれが〈お父さん、死んだから〉
こういう意味だと悟ることができたほどだ。

その後の記憶は薄い。泣いたとは思うが、それもどういう具合だったのかすでに忘却の彼方だ。点々と場面が飛んでいて、どれが本当なのかすら覚えていない。

家の中の景色。祖父の顔。母の顔。お風呂場。トイレ。自分の部屋。庭。車。玄関。道路。側溝。田畑。そして、石蔵。

蔵の出入り口が何か封鎖されていたように覚えているが、細かいことは消え失せている。

父親の葬儀が死んだ当日から遅れてあったことは確かだ。

死因は〈首の骨が折れた〉〈事故〉〈高いところから落ちた〉だからお父さんの首を隠さないといけないのだ。そう母親が教えてくれる。

確かに棺の中にいる父親は顎の下まで花で覆われていたように思うが、やはりそれもどこか夢の中のような記憶でしかない。

後年分かるが、実際は自死であり、首吊りだったらしい。

縄を首に掛け、高所から飛び降りれば確かに頚骨骨折は起こす。

(このことを母親は言っていたのだろうか)

真相は闇の中だ。そもそも何が原因なのか恵さんは知らない。場所が何処で、遺書があったのかなかったのかすら教えて貰っていないのだから。

父の葬儀が済み、四十九日が過ぎた頃、家にこぢんまりとした仏壇がやってきた。

（あれ？　位牌を入れるの、あの蔵の仏壇じゃないの？）

疑問に思っていたが、あれよあれよという内に、父の位牌はその小さな仏壇に納まってしまった。家の中に初めて仏間というものができたということでもあった。

そして、数日後、家に十数名の来客があった。

老若男女が混ざっているが、どれも面識のない人ばかりだった。

彼等は祖父の案内で石蔵へ入っていく。

いつの間にか仏壇前の縄は取り去られていた。来客達は手を伸ばすと棚に並んだ位牌を取る。中にはアルミ製の脚立を借りている人もいた。

取られた位牌は風呂敷に包まれたり、箱に入れられたり、大きめのバッグに放り込まれたり、人それぞれの方法で仕舞われる。黒塗りの立派な位牌を三つほど持っている初老の女性がいたが、全くの無表情でトートバッグに投げ込んでいたのが印象的だった。

その後、彼等は特に挨拶もせず、そのまま出て行ってしまった。

ここに納められていたのは、近隣の親類縁者のものだったはずだ。

しかし今位牌を持っていった人達は、誰ひとり知らない。少なくとも、親類では絶対にない。一体全体どういうことなのか混乱しかなかった。

改めて仏壇の棚を確かめれば、残されたのは最上段の仏像と、一番下の位牌のみだ。

曾祖父の位牌と言われていた物は行方不明となってしまった。

そしてそれから更に数週間後、今度は蔵の解体が始まった。

内部の電灯を外し、仏壇を壊していく。

外へ持ち出される廃材と化した仏壇を眺めていて、恵さんは驚いた。

割った竹や角材、プラスチックらしきパイプ、ゴムチューブなどが多数混じっていたからだ。表面には金色の塗料か金色のアルミ箔のようなものがへばり付いている。

(あの仏壇って、こんなものでできていたんだ)

そこに荘厳なパイプオルガンを思わせる要素は何ひとつない。

どれも安っぽく、また素人が手作業で設えたような代物である。

蔵の中であれだけ毎日見つめ続けたものがこの程度の物だったのか。どうしてこのように見間違えていたか。いや、自分が見ていた限り、もっと豪奢なものだった記憶しかない。

狐か狸に化かされていたような心持ちになってしまう。

そして仏像と位牌だと思っていたのものすら似たような感じだった。

像は小学生が工作の時間に作ったような雑な物だ。

紙粘土を捏ねて適当に「らしく」作った程度か。

位牌は蒲鉾板を継ぎ合わせたようなもので、戒名が描かれる場所には○○仏、○○神などと黒ペンで書かれているだけだ。適当かつ幼稚さを感じさせる。

それらは廃材の中に紛れるとそのまま埋没したかのように見つけられなくなった。

訳が分からないまま、蔵は数日で解体された。

残った土地から曰くがあるようなものは何も発見されず、ただの更地に変わった。


続いて、祖母が祖父と離婚してしまった。

祖母は荷物を纏めて出て行った。南房総にある、自分が産まれた土地近くへ移り住んだようだが、そこまでしか知らない。連絡先などは全く教えてくれなかった。

母も恵さんを連れて家を出た。

祖父も、父の位牌もそのまま置いていく。

祖父はどうするのか。父の位牌をどうして持っていかないのか。訊ねたが母は適当な答えしか教えてくれなかった。

そのまま遠く離れた土地へ転校し、新しい生活が始まった。

母ひとりの稼ぎではどうしようもなく、母子手当のようなものも貰った。が、しかしそれだけでは生活に余裕がなく、いつも貧しい思いで暮らした。

母親が持って帰ってくるパート先の総菜なども毎日は無理だった。割引価格なのに払えなかったからだ。

戦中戦後でもないこの時代、明日食べる物がないことすらあった。

苦労に次ぐ苦労の末、恵さんが中学二年生の頃、母親は再婚した。

相手は五十一歳のとても優しい人で、小さな店を構えた自営業の人だった。

母が働いていたスーパーに来ていた客で、ちょっと言葉を交わしたことがきっかけだったと聞く。詳しくは本人達しか知らない。

温和なその人のおかげで、社会に出るまで幸せな時間を過ごした。

親子の会話も多く、それは楽しいものであった。

そして義父は自分のこともいろいろ教えてくれた。

妻に先立たれた事。残念ながら子供も居なかった事。だから、恵さんのことを本当の娘のように思っていること。

涙が出るほど嬉しかったことを昨日のことのように覚えている。

そんな義父だから、進路も好きにしてよいと言ってくれた。

恵さんには看護師になりたい、そんな夢があった。

きっかけは幼い頃の憧れであったが、それよりも手に職をつけ、きちんと生きていける基板を築きたかったからと言うことが大きい。

あの貧しかった時期を経験したことで、更にその思いを強くしたのだ。

衛生看護科のある高等学校に続き専攻科へ進み、正看護師の資格も取れた。

その後、就職したのは遠方の病院だ。

本当は義父と母の元を離れたくはなかった。が、求人と条件からここを選ばないと後悔するだろうことも分かっていた。

だから、苦渋の決断をしたのである。

これから人の命に直結した世界で働くのだ。望んだ道。しっかり仕事に励もう。そして義父と母に恩返しをしよう。

そう考えていた矢先、義父に病が発覚した。

急に死亡するようなものではなかったが、長く治療を続ける必要がある。

遠方、更に寮に入っているとはいえやれることはあるはずだ。

私と二人でバックアップしていこう、そう恵さんが母親に相談したのもつかの間、義父は帰らぬ人となった。

自死でもなんでもない。寒い冬の夜、脱衣所で倒れたことが原因だった。

義父の葬儀を出した後、数名の知らない人がやってきた。

義父の親族と名乗った。

そして残された遺産関連を根こそぎ奪っていった。

再婚したのだから、相続の権利があるはずなのに母はすべてを放棄したのだ。

唯一、自宅だけ貰ったようだ。

「住む場所さえあればいいのよ。要らない争いなんてしたくないし……それに」


——あの人が死んだのは私のせいだから。


あれから○○年が経ったから、そう母は泣いた。

年数はよく聴き取れなかったし、聞き返しても二度と教えてくれなかった。大体、一体どういう事なのか。義父が死んだのは仕方がないことだ。決して母親のせいではない。そう言うのだが全く聞かない。私が悪いを繰り返すだけだ。

今にも後を追って死んでしまいそうな、そんな思い詰めた表情だった。

兎に角そういうことは言うのを止めて、できるだけ早く新しい生活を始めないと。その為なら私も協力するから、そう諭すとなんとか落ち着いてくれる。

後ろ髪を引かれつつ寮へ帰ったものの、やはり心配は尽きない。

何度か母親の様子を見に行った。ただ家までの距離と業務の忙しさからそれも難しいことが多い。そういうときには電話で連絡を入れるよう心がけた。が、話の最後はいつも母の〈頑張る〉程度の言葉で終わってしまった。
それは他人事のような響きを伴っており、不安を煽るものだった。

それから時間だけが過ぎた。
とても寒い日があった。それはあの義父が亡くなった時を思い出させた。
夢見が悪かったからなのか覚えていないが、ふ、と眠りから覚めた。
時計は午前四時過ぎ。
いつもなら激務の疲れでこんなに早く目覚めることはない。
何か窓の外が気になって仕方がなかった。
カーテンを開けるが何もない。ただ暗い空間があるだけだ。
鍵を開け、窓を開く。
冷たい空気が一気に流れ込んできて、身が縮んだ。
何げなく視線を下げる。思わず声が出そうになった。
寮の真下、丁度通路になっているアスファルトの上に、母親が立っていたからだ。

焦げ茶の分厚いコートを着込んで、白いキャリーバッグを脇に立てている。

顔を伏せ、何かをやっていた。

影になっているせいか、表情は読み取れない。

慌てて携帯を手に取り、母親の番号を選ぶ。

呼び出し音はしない。電波が届かないか電源が、そんな繋がらない旨を述べる音声が聞こえた。窓からもう一度下を見下ろせば、変わらず母はそこにいる。

すぐ下に降りなくては。窓から離れる寸前、ふと気が付く。

自分の部屋は地上六階。そして、下にある通路に外灯はなく、いつも真っ暗だ。

それなのに、母親が着ている服やバッグの色などがはっきりと見て取れた。今は冬の午前四時過ぎ。まだ日が昇る時間ではない。

いや、それよりも何故母と分かったのか。

顔を伏せ、影になっているのに。

小柄な体型からか。それとも母がいつも使っていたコートのせいか。白いキャリーバッグを持っていたなんて知らない。

窓から乗り出すようにもう一度下を確かめた。

母と思った人物はまだそこにいた。

その人は深くお辞儀をしてから、キャリーバッグを引っ張り、歩き出した。やはり顔は見えなかった。バッグが発する車輪の音が遠ざかっていく。慌てて外に出たがすでにその姿は何処にもなかった。携帯に向けて電話を掛けた。繋がらない。メールを送ったが、エラーが出て戻ってくる。何をしても駄目だった。


その日から、二度と母の姿を見ていない。

あの朝方の出来事から、電話もメールも通じることがなかった。

休みもすぐに取り、義父と暮らしていたわが家を調べに行った。

すでに誰も住んでいない。売り家になった後だった。顔見知りの人達に母の行方を聞くと、いつの間にかいなくなっていたのだと返ってくる。何時、何処へ行ってしまったのかすら誰も知らなかった。

考えてみれば固定電話へ連絡をずっとしていなかった。

いつも携帯かメールだった。

もしかしたら、思ったより早く母は家を処分していたのかもしれない。

油断をしていた。後悔先に立たずとはこのことだった。

それから、恵さんはずっとひとりで生きている。

母の失踪届だけは出したが、見つかるような気はしていない。

恋人が居たこともあったが、付き合うと必ず豹変して暴力を振うような人間ばかりだった。それ以外は金にだらしなかったり、借金まみれであることが発覚したりで終わる。

いつも長続きはしなかった。

いちいち男のことで悩むくらいならと、仕事に専念したところ二十代で主任看護師となった。勤務表などいろいろな雑事が増え、残業も多くなったが逆にやる気が出る。

自分がやりたかった仕事なのだから当然だと、彼女は言い切る。

◆

そして、冒頭の腕時計だ。

これは義父と母親が卒業の時に買ってくれたものだった。

社会に出るのだから、少し奮発してくれたのである。

それ以来、金具を交換した以外一度も壊れることがないまま時を刻み続けている。

幸せな時代の思い出だし、何かお守りになるかなぁと思っている、とは彼女の弁である。

あれから時が過ぎ、恵さんは義父と過ごした家と、祖父母、父、母と暮らした家を訪ねたことがある。

義父の家は取り壊されアパートになっていた。

そして、あの石蔵のあったあの家も、同じく壊され、更地になっている。

誰が解体等のお金を出したのだろうか。

生け垣や塀もなくなっており、ここに誰かが住んでいたという痕跡は欠片もなかった。

最初から空き地、野原だったとしか思えない風景だろう。

考えてみれば、祖父があの後どうなったのかを全く知らない。

足跡を辿ろうにもすでに周囲の人は居なくなっているか、入れ代わっていた。そもそもが皆高齢化し、死んでいっているのだ。まるで限界集落のようだった。

祖父はここで独り死んだのだろうか。

それとも何処かへ出て行ってしまったのだろうか。まさか母が迎えに来て、二人で他の土地へ移り住んだのか——当たり前だが答えは見つからない。

ふと思い出す。あの風の強かった春の日、祖母が自分に向けた目。

そしてあの日から祖母は母も憎んだ。言葉にはしなかったが、あからさまな態度は誰が見ても憎悪しか感じられないだろう。

また、父が亡くなってから、稀に祖母は祖父に何事かを叫びながら飛びかかっていくことがあった。止めに入る母親すら殴り付ける。そしておまえのせいだ、おまえのせいだ、おまえのせいだ、おまえのせいだ。こう繰り返した。

それが終われば再び祖父へ矛先を向ける。お前、父親と一緒じゃないか、この獣が。そう罵倒していた金切り声が、今も耳にこびり付いている。

そして、祖母が出て行き、続いて自分達が引っ越す前夜だったと記憶している。母の手による夕食を摂った後、祖父は恵さんの手を取った。

そして泣き笑いの顔でこう言った。

「恵、俺がお前に残せる物はなんもなくなった」

すまん、すまん、すまん、すまん。首を垂れたその姿に、どうしてなのか軽い吐き気を催したことを覚えている。

そういえば、思い出したことはもうひとつあった。

石蔵の家を出たとき、新居で開かれた荷物の中に、あの〈○○仏〉とペンで書かれた板が入っていた。もちろん恵さんが入れるはずもなく、母親が持ってきたとしか思えない。

またあの荒い仏像風の変なオブジェもひとつ見つけた。

いつ拾って、どうして持ってきたのか。

母親に訊ねたはずなのだが、それも綺麗に記憶から消し飛んでいた。

加えて、それらがどうなったのかということも。

義父との新生活の時にはなかったはずだから、その前に棄てられたのか。それとも母親がどこかに隠して持っていたのかは知り得ないことである。

そもそも、あの素人が作ったような巨大な仏壇も、またそれらを引き取りに来たとおぼしき一団も、曾祖父母や祖父母、父母の真実も、何ひとつ分からないのだから。


計四回、長時間に渡る取材も終盤だった。

恵さんはぽつりと漏らした。

「私の顔、祖父にもの凄く似ているんです。父親よりも」

家族の中で背の高いのは、祖父だけでした。父も母も、祖母も小柄で。そう続ける。

自分の顔を両手で触れながら、小さな声だった。

もう私も大人ですから、分別の付く大人ですから、祖母が私たちを憎しみの目で睨み付けていた意味、なんとなく分かるようになりました……。

お祖母ちゃんの約束

原さんは幼い頃に死線を彷徨ったことがある。

彼女は産まれた頃から身体が弱かった。

だから少し喉からウイルスが入り込んだだけで、一気に体調が悪化したのである。

高熱は下がらず、結果入院となった。

小学生だったとはいえ、状況のせいで当時の記憶は薄い。

しかし、お見舞いにやってきたお祖母ちゃんの言葉だけはしっかりと覚えている。

「智里ちゃん、お祖母ちゃんの命をあげる。仏様にお願いしてきたから」

きっと、すぐによくなるからね。そう言って頬を撫でてくれた。


それから間もなく原さんの熱は下がり、退院ができるまで快復した。

家に戻り、様子を見に来たお祖母ちゃんにあの〈命をあげる〉の一件を訊ねてみる。

「うん。お祖母ちゃん、本当にそう言ったのよ」

思わず泣いてしまった。

私に命をあげたらお祖母ちゃんは死んでしまうはずだ。私の身体が弱いから、そんなことをさせてしまった。どうしよう。お祖母ちゃんに死んで欲しくない。

原さんの心中を察したのだろう、彼女は心配要らないのよ、と言う。

「だって、お祖母ちゃん沢山生きたから、何時死んでも良いのよ」

母親が怒る。

「お母さん！　そんなことを言ったら智里が余計責任を感じるでしょ！」

御免御免とお祖母ちゃんは謝る。が、本当に死んでしまったらどうすればいいのか。やはり涙が止まらなかった。


あれから長い時間が過ぎた。

原さんは現在三十八歳だ。

すでに嫁いでおり、娘と息子に恵まれた。

お祖母ちゃんは今も存命で、曾孫を抱くことができた。

とはいえ、流石に寄る年波には勝てず目と耳が弱くなった。しかし実年齢よりも元気で足腰もしっかりしている方だろう。痴呆も入っていない。

実は、原さんは退院して少ししたあと近所のお寺へお参りに行った。

そしてそこにいらっしゃる仏様の像に祈った。

(お祖母ちゃんが死にませんように。私にくれた命を返します)

その日の晩、夢を見た。

七色の雲の上に光り輝く人がいて、優しい声で囁きかけて来る。

〈大丈夫。元々お祖母ちゃんの命を貰わなくとも、あなたは死ぬことはなかったから〉

だから長生きするよ、とその人は言った。

一体どんな人なのだろう。目を凝らすがそれが男女のどちらかも、どんな顔でどのような服を着ているかも見えない。

声からも判別ができず、正体不明だった。

本当に長生きをするかと質問すれば、その人は本当です、約束しますよと答える。

安堵の余り、また夢の中で泣いた。

――その時、隣で寝ていた母親に揺り起こされた。

「大丈夫、怖い夢見たの?」

違う、お祖母ちゃんが死なないの、夢を見たの、そう教えるが母親からすれば訳が分からなかったに違いない。

やっと落ち着いたとき、原さんはある香りが漂っていることに気が付いた。

甘い匂い。例えるなら花の香りか。

母親からだろうか。でも寝る前に香水をふりかけるなんてしないはずだ。一応訊いてみれば、彼女も同じようなことを感じていた。

「本当に良い匂いがする。どこからかなぁ？」

結局、父親も起こして香りの出所を探したが、何処からなのか分からなかった。


そう。夢の約束は守られた。

以来、原さんがあのような夢を見ることはなかった。またあの快い匂いに似た物にも出会えていない。

いつか、似た香りを探し出せたら、と彼女は考えている。

何をどうしたいというわけでもない。ただ、もう一度……というだけだ。


だから今もたまに、お寺へ足を運んでは仏様を拝んでいる。

古刹にて

ご縁を頂く

――ある方より、実話怪談を書いているのならと、ひとりの御住職を紹介頂いた。

そう言っても、直接ではない。

久田というのが行くからと電話を掛けて貰ったのである。場所、連絡先を教えられたものの、なかなか足を運ぶチャンスがなかった。

丁度その時期はいろいろな仕事が立て込んでいたからだ。

紹介頂いた方の口振りからして、いろいろな話を窺える期待はあった。

早くお会いしたい。

それにできるだけお寺の周辺を見て歩きたかったこともある。そうなれば時間を掛けたくなるのは自明の理だろう。

ならばある程度まとまった時間が取れるまで待つべきだと判断してしまった。

このような理由でお伺いするチャンスが遠のいていたである。

それから数ヶ月。

例の「ある方」よりまだ行っていないのか、そう連絡があった。

御住職から何時になったら来るのかと問い合わせが入ったらしい。丁度取材と原稿、資料チェックの合間に時間が取れそうな時期だった。

我ながらあまりにタイミングの良さに驚く。

これを逃すことはない。

予定を組み直し、現地へ向かった。


当日、初めてと言うこともあり住所を頼りに進む。

次第に都市中心部から遠のいていった。

目的地周辺は住宅や商店の他、宿が幾つか並んでいる。すぐ近くには緑豊かな風景が広がっており、非常に目に染みる。

少し奥へ進んだとき、漸くお寺の山門を見つけた。

感覚的に〈自然と人の世界の境目〉にあるように見えた。

事前に調べてみたのだが、歴史のある由緒正しき仏刹であるようだ。

実際こうして門の前に立っただけでなんとなく伝わってくる。

約束の時間にはまだ余裕があった。一度そこから離れ、周辺を散策してみる。

道は上下し曲がりくねっている。また、幅も細い。地図を確かめながら歩くが惑うことこの上ない。時間が来たこともあり、途中で引き返した。

再び山門の前へ立つ。

携帯などの電源を落とし、中へ入った。

が、どこからお声を掛けるべきか悩んだ。神社なら社務所であるが、お寺だと寺務所だ。しかし、ここはそれがどこなのか分からない。

本堂脇近くにやっと案内を見つけ、そこでチャイムを鳴らした。

ご家族らしき方から御住職は今少し席を外していると教えられる。すぐに戻ります、本堂の中でお待ち下さいと中へ通された。

中はお香らしきとてもよい香りが漂っている。

正面には仏様が祀られていた。

一礼し、参拝する場所――所謂下陣脇に進んだ。そこにはテーブルと座布団などが用意されている。檀家の皆様もここで歓談などするのだろうか。

座っているととても心地がよい。落ち着く感じだ。

緊張感を持たねばならないのだろうが、身体が勝手に緩む。
ぼーっとしていると、廊下の向こうから大きな影が現れた。
その人物を表す形容詞は、偉丈夫だろう。
まだお若く、にこやかなお顔だ。しかし修行されている方独特の雰囲気が漂っている。
ご挨拶する声も張りがあって、よく通った。

それがこのお寺の御住職——齋藤御住職との最初の出会いだった。

以下は齋藤御住職から伺ったお話を再構成した物である。
聞きおよんだ順番でも時系列でもない。
またプライバシー等の問題がある部分は容赦なくカットしたことを書き添えておく。

さあ、門を叩こう。

お寺の前には鬼がいる

お寺の前には鬼がいる、という。

山門の向い側には何故か〈よろしくない人々〉が住まうことが多い。

例えば、性格破綻しているような人物である。

得てしてそういう人は近隣に迷惑を掛けるような、言わば反社会的な行動を取るのだ。

もちろんそれはお寺に対してもであり、閉口せざるを得ない行為に他ならない。

では何故〈お寺の前に鬼がいる〉のであろうか。

曰く、清浄な空間であるお寺という場所には〈悪いモノ〉が寄ってくる。

救いを求めている、或いは他に理由があるのだろう。様々なものが集う。日が落ちてからは更に顕著である。

ただし、山門からそのようなモノが入ってこられないようになっている。もちろん壁を乗り越えることも不可能だ。これは俗に言う結界であろう。

だから、周囲を囲む〈結界〉を境に悪いモノらは溜《とど》まる他ない。

ただ、やはり入口である門周辺は特に溜《た》まるようだ。

それが呼び水となるのか、お寺の門前に住まう人々はそのような悪いモノの影響を受けざる得ない状態になる。

鬼になるのだ。

考えてみれば、これまで訪れたお寺の門前は広い空き地や駐車場、公園などで、住居などが少なかったように思う。

一部住宅街の中に存在することもあったが、そのケースではどうだっただろうか。

当時何も知らなかったこともあり、調べていない。

ただやはり、お寺の周りには〈悪いモノ〉が凝ることは確からしい。

だから、夜に仏閣や神社を訪れることはよした方がよい。

台座より

お寺には加持祈祷の依頼が舞い込むことが多い。

種類は様々だが、中には〈物の撤去〉〈木の伐採〉する際に頼まれることがある。

ただ、御住職曰く、樹木関連は怖いことがあるという。

何故か。

何が宿っているか、場合によって違うからだ。

例えば、きちんと拝まれた仏像や齢を重ねた樹木は中に魂が宿る。

魂そのものにも種類があるが、仏様や精霊が宿っている場合も多く、細心の注意を払って拝まなくてはならないという。

まずこれを間違えたら障る。拝む側にも余波が及ぶ上、依頼してきた人々にも影響してしまい、悪い結果を呼んでしまう。

中には死んだ人間や動物などが変化した邪なものというケースもある。

やはりそれに応じた対応をせねばならない。

このように内部に入っているものの違いでやり方を変える。

また、お入りになっているのが神仏・精霊の場合、抜いた魂には有るべき場所へお帰り頂くのだが、場合によってはそれも不可能なこともある。

そのような時は撤去や伐採そのものをやめるよう助言することも多い。

その木にまつわることとして、先代御住職の話を話して下さった。

先代御住職は現御住職の大伯父に当たる。

その人がある日、とある大樹の伐採に関わる祈祷へ呼ばれた。

お寺から離れた場所である。

先代御住職が出かけてから、本堂にあるお不動様（不動明王。仏教における五大明王の中心）の立像に異変が起こった。

安置している台座の底が抜け、落ちてしまったのだ。

元々仏像を据える為に誂えられた場所であり、底板が抜けるような造りではない。しっかり頑丈に設えられている。

が、壊れてしまった。

その同時刻辺りであろうか、先代御住職は腰を傷めた。

実は、お不動様の立像は落ちた際、腰の所で止まっていたのだ。

それが原因なのか、先代御住職の腰は痛みが恒常化した。

起ち居が困難となり、そのまま寝付いてしまったのである。

続いて今度は病みついてしまい、結果命を落としてしまった。

敗血症であった。

存命中にお不動様の台座を直し元へ戻したが、それでも腰が治ることはなかった。


件の大樹祈祷から間もないことである。

ある僧房跡

御住職からこのような話も伺った。


ある高台に山門がある。

そこはよく霧が出るところであった。

元々僧房（寺院に付属する僧達の住まい。或いは寺院）や墓所があり、しかしある時取り壊され、広場となったという。

夕暮れ時、その山門を閉め、車に乗る。

霧がすでに立ちこめていた。

安全運転を心がけながら件の僧房跡に差し掛かったときだ。
霧の中、唐突にあるものが現れた。
五人の山伏である。
横一列に並んでいる。
危ない、轢いてしまう――慌てて急ブレーキを踏んだ。勢いで前につんのめった。
（一体誰だ）
視線を戻すと、山伏達は忽然と姿を消していた。
もちろん脇にも何処にも居ない。身を隠す場所もない。霧に紛れたわけでもない。
首を捻る他なかった。

車が走っていた道路は、僧房跡の上を貫くようにして通っていた。
だから修行していた山伏達が姿を現したのかもしれない。
そう御住職は思った。

石段の果て

お寺の敷地内に石段が設えてある。

昔日からずっとここにあるものだ。

歴史があるとはいえ苔むして誰も通らないような風ではない。しっかり積まれた石の階段はきちんと手入れが行き届いている。

ただ、夕刻そこへ足を向けてはいけない、という。

何故なら、得体の知れないモノがいるからだ。


白装束の女性、である。


白装束と言っても死者が着るような白帷子などではない。白色の和装である。

よって、ジャパニーズ・ホラーテイストのイメージとは分けて考えた方がよい。

また、その姿は大層美しく、思わず目を奪われるほどらしい。

当然と言うべきか、この世の者ではない。

この女性に出会った人間には大きな福がもたらされる。
が、代わりにその人で血筋が絶える。
要するに福を得て家が大きくなったとしても一代で跡絶えるのだ。
だから夕刻そこへ足を向けてはいけない。
何かの間違いで女性に出会ってしまえば――。

御住職も夕刻はそこへ近づかない。
長く続いたお寺を跡絶えさせるわけにはいかないからだ。

この話は先代御住職のお弟子さんから御住職へ伝えられたものである。

訴え

お寺の中は清浄だ、と前述した
とはいえ、やはり内部でも異変はあるにはある。

本堂で鐘の音が聞こえる。

見ても誰も居ない。

音は小さな〈りん〉の澄んだものである。

大きな〈りん〉もあるが、それは内陣（仏様を祀る場所）にしかない。外陣（お参りに来た人達が拝む場所）にあるのが小さな〈りん〉だ。

その見えない誰かは内陣に入ることができなかったようである。

加えて、蝋燭にひとりでに火が灯っていることがある。もちろん誰もつけていない。

また本堂に来客があった場合、センサーに反応しチャイムが鳴るような仕掛けを施してあるが、それが誤作動することもあった。

来客の回数と音の回数が合わないのだ。

また、このセンサーの誤作動の直後、檀家の誰かが亡くなったと連絡が入ることがあるという。先に報せてくれたのだろうと御住職は考えているようだ。

このように、お寺の敷地内でも何かが起こることはある。

もうひとつ。例えばこのような話もある。

御住職のお母様が台所に立っていたとき、背後で足音が聞こえた。

かなりはっきりと耳にしたので、家の者、多分息子である御住職であろうと振り返るが誰も居ない。

首を捻っていると、少し遅れて御住職がやって来た。

「あれ？　あなた今こっちに来なかった？」

「いや、今来たところだけど……でも」

御住職は目を疑う物を見ていた。

廊下の途中、白い何かがこちらに飛んできた。

床面すれすれを滑るようだった。

それは座った人のような形をしており、大人の膝くらいまでの高さである。

呆気にとられたまま見つめていると、それは左へ折れた。台所がある方向だ。

追いかけるとすでにその白いものは消え失せていた。

そしてお母様に声を掛けられた寸法であった。

二人顔を見合わせる他なかった。

座った人の形をした、白いもの。

正体を考えているとき、あることを思い出した。

ここ最近、旧館にあった仏像を本堂へ移したのだ。

安置するにはここではないほうがいいだろうと相談の末だった。

その仏像は白磁の座像である。

(多分、それではないか)

きっと本堂ではなく、旧館の最初の場所へ戻して欲しいということではないか。

元の場所は以前お寺の出入り口のあった方角——丁度鬼門（北東、丑寅・艮の方角。鬼が出入りするとして忌避されている方向）の方角であった。

白磁の座像は拝むことなく置いていただけだが、何かから守ってくださっていた可能性もある。

御住職も多分そうであろうと考え、すぐ本堂から元あった旧館へ戻した。

そして四十九日の間供養を欠かさず行ったのである。

それ以来、同じ事は起こらず騒ぎは収まった。

旅の途中

昔日の話である。

御住職の曾祖父様と曾祖母様が旅をしていた。

お二人も修行者であった。

彼らは〈ある神仏縁の地〉へ向かう途中、ひとりの行き倒れを見つけた。

男性である。

彼もまた旅の途中であるようだ。が、すでに事切れていた。

時代が時代。このような事はさして珍しいことでもない。

しかし、曾祖母様はこの行き倒れた男性を哀れんだ。

それがよくなかったようだ。

曾祖母様を頼るが如く道中何かとちょっかいを出してくる。元来〈見える人〉であったが、行き倒れの行動が鬱陶しいことこの上ない。加えて体調も悪くなってきた。

あっちへ行けと言うが聞く耳を持っていないようだった。

宿に入ったものの、曾祖母様の様子は変わらない。いや、もっと悪化している。

それればかりか突然暴れ始めてしまった。

どうも見えない何者かのせいであるようだった。もちろん心当たりはある。が、追い払うため、曾祖父様は暴れ回る曾祖母様と問答を始めた。

「お前は誰かッ!?」

〈おれはあそこにたおれていたおとこである〉

「何故ついてくるのかッ!?」

〈おまえたちがなさけをかけたからだ〉


——だから、ついてきた。


その後、必死に説得し、なんとか曾祖母様から男を追い出した。

翌日、宿から出立するとき支払った額は倍額であった。

曾祖父様、曾祖母様曰く。

こういうものにあまり可哀相とは思ってはならない。

思えばこういうことになる。と。

お寺に入る

僧の方がお寺に入る、というのはいろいろなパターンがある。

例えば、元々僧職の家系で他所で修行した後にお寺を継ぐパターン。

またはお寺の人と婚姻関係を結び、そこへ入るパターン。

他には、請われて、縁があって、などいろいろであるらしい。


ただし、お寺に入ると身体に変調を来す人もいる。

単なる体調不良の他、目が悪くなる。耳が聞こえづらくなる、などだ。

これらの場合を指して言う。

「ご本尊と相性が悪いのではないか」

ご本尊に嫌われた、或いは修法（仏様を拝む方法。手順など細かく決まっている。また仏様毎に方法も違う。これらを間違える、手を抜くことはできない。）の方法が正しくない可能性があるようだ。

修法に関しては修正の余地があるとしても、相性に関してはいかんともし難い。

そのうち、身体は悪化の一途を辿っていく。

目なら見えなく、耳なら聞こえなくなる。
どうしようもない。

因みに悪くなる場所はご本尊で違う。
目に御利益のある仏様なら、目に。
耳に御利益にある仏様なら、耳に。
それぞれに関する場所に影響を及ぼす。

仏様も厳しいのである。

家の祓い

建築後、家の祓いを行うことがある。
建築前の土地を払うのは地鎮祭で、全くの別物だという。
それぞれを洗髪に例えるなら地鎮祭はシャンプー、家の祓いはトリートメントに近いのだと御住職が教えてくれた。

因みに家の祓いなどを行う拝み屋という人達がいる。

彼等を〈まっぼし〉と呼ぶことがある。

漢字にすると末法師だ。

このまっぼしの中にはきちんと修行をした人もいる。が、あまり学んでいない質のよろしくない人物もいるので、注意が必要とも聞いた。

気をつけるに越したことはない。


御住職にもこの〈家の祓い〉に関する話がある。

すぐに住人が出て行く借家がある。

だから祓いをして欲しいと言う不動産業者からの頼みだった。

「どうも、住人以外の人がいるらしいのです。だから気持ちが悪いと出て行くようで……」

業者の説明を聞けば、人と言ってもはっきり目に映るものではないようだ。元住民達の言葉を借りれば、気配というのか、かなり明瞭に〈人〉がいる感覚があるらしい。

「人がいるのはここ」

住民だったＯＬが指摘するのはある部屋だ。

その〈人〉はここにいる。そこから動かない。ずっとそこに居る。何処の部屋にいても
その場所から気配が伝わってくるのだと訴える。

部屋を確かめてみるが、何もない。

念のため外へ回り込んでみれば、不自然に外壁が出っ張っている。

部屋内部へ戻ってみれば、そこはただの壁だった。

しかし構造から考えてみればその内に何か空間があるようにも考えられる。

依頼してきた不動産業者に確認し、壁を外してみた。

全てが納得できた。

そこには仏壇が丸々隠されていた。

複数の位牌、そして骨壺が残されている。

御住職は位牌全て調べた。

そこから得られる情報はこの家が若死にの家系である、ということだった。

元々この家に住んでいたその家族は、仏壇ごと壁の中に全てを封じて逃げてしまったようだ。それはこの〈若死に〉という系譜から逃れるためなのかもしれない。

が、骨壺を墓にも入れず置いていくというのは、余程急がなくてはならない何らかの事

情があったとしか思えない。


このままにしてもおけないので、位牌と骨壺はお寺へ持って帰り供養した。

が、酷い家鳴りが繰り返し起こった。

鳴るのは本堂以外の場所の外壁であった。


また別の話。

あるお店から御祓いの依頼をされたことがある。

誰も座っていないテーブルに〈二人の女性〉が座っているのをよく目撃されているようだ。だから祓って欲しいという。

店へ行ってみれば、何かおかしい。

問題の席周辺から香水の匂いが漂っている。

柑橘系だろうか。そもそも香水などに詳しくないのでそれ以外分からない。

店主にその旨を伝えてみれば、ぎょっとした表情で教えてくれた。

「それは店に来ていた人が好んでいた香水です。すでに亡くなっています」

そうなればその人がここへ座っていると言うことになる。が、もうひとりは誰なのか。

ともかく祈祷の準備を進める。
更に塩を盛り、その他必要な物を並べていく。
その最中、ふと理由なく後ろを振り返った。
当然何もない。
再び視線を戻したとき、目を丸くした。
盛っておいた塩がどろどろに溶け、他準備していたものが荒らされていたからだ。
後ろを向いた時間は僅か数秒。
その間に起こった変事であった。

また、ある古民家を買った人から相談を持ちかけられた。
古い家屋で屋内の仕切りは障子などが多いのだが、そこへ影が差すという。
勘違いではなく、かなりはっきり見えるらしい。
調べてみるが分からない。
外へ出てみれば、便所があった。
その小用を足す場所が気になる。
入ってみれば便器はなく、立て掛けた石に小便を掛ける形になっていた。

（石。これが気になるな）

手を掛け裏返して全てが理解できた。

その石は墓石だったのである。

表面にはきちんと墓碑銘などが彫り込まれていたのだった。

すぐ撤去させ、綺麗に洗い清めてから供養をすると、影が差すことはなくなった。

修業時代

御住職がまだ本山で修行をしていたときのことだ。


その日、護摩焚きの修法を行っていた。

護摩焚きとは護摩壇という場所に火を焚き、そこへ護摩木を投げ入れ燃やしながら行う法要の一種である。

その護摩を焚く際、両腕を上げる動作がある。当然脇が開く。

その隙間から見える後方に何かが垣間見えた。

誰かの足元だ。
自分の後方、すぐ近くを歩いているらしい。
足袋を穿いた足で、しっかり確認できた。
が、しかし、実際は後ろを歩く者など誰ひとりいなかった。

また、護摩焚きの修法を学ぶとき、他の修行僧と入れ代わりながら行う。
ある時、順番が回ってきたので移動しようとしたとき、その先に足が見えた。
しかし構ってはいられない。
座ってみたものの、足は依然としてそこにある。
ただ、上を見ても身体などはなく、足のみだ。
気にしても仕方がないので、無視をしたことは言うまでもない。

そしてもうひとつ護摩焚きの最中だ。
護摩を焚いていると煙がもうもうと立ち込め、視界が悪い。
その中で、ふと視線を上へ向ければ何か動くものがある。
目を凝らせば〈お不動様の立像〉が降りてくるところだった。

まさに、よっこらしょ、という感じであった。
また別の修法のとき。
瞼を閉じていると、目の前が暗くなる。
(誰か居るな)
目を開け、視線を上に向けた。
確かに誰かが真正面に立っている。
しかし、その顔に見覚えはない。
指導役でも、同期の修行僧でもない。全く見知らぬ顔だ。
一体この人は誰だろうか。
「何を見ているのだ」
誰も居ないぞ、そう後ろから指導役の叱責が飛んでくる。
途端に目の前の〈誰か〉は歩み去った。
あれが誰であったのかは定かではない。
が、指導役が口走った「誰も」居ないぞという具体的な指摘。
考えてみれば指導役も何かを察していたのだろうか。

皆で列を作り歩くことがある。

二十名ほどで足並みを揃えることが条件だ。

だから、伏せた視界の端に映る誰かの足に合わせることになる。

これがコツだ。

しかし、他と大きくずれてしまうことがある。

それぞれが近くの足先と同調させて歩を進めるわけだから、そこまで違いが出るわけがない。しかし大幅にずれが生じてしまう。

一体何故か。

それは〈居ないはずの誰か〉の足に合わせてしまうからだ。

仕方がないことだと諦めている。


また、修行していた所には、女人禁制の場所がある。

そのひとつは坂道の途中にあり、奥に用事があれば更に上に登っていくことになる。


ある時、御住職はその奥へ行く用事があった。

傾斜を踏みしめていくと、例の女人禁制の所が出てくる。
そこを通り過ぎ、更に坂を登っていくと――また女人禁制の場所へ着いた。
(何故)
もしかすると勘違いしておりまだ着いていなかったのか。錯覚だったのかも知れない。
そういうことにして歩を進める。
が、再び女人禁制のポイントが姿を現した。
何度繰り返しても同じである。
道は一本。迷うはずもない。
(何かに惑わされているのか)
悪戯に進み続けても延々と歩かされるだろう。これはまずいことになった。
考えた後、懐の煙草を吸うことにした。何故か持っていた物だ。
火を点け、一服した後坂道を進むと、今度はきちんと上へ出た。
こういう時には煙草を一服するとよいというのは本当であるらしい。
――因みに、修業時代以外で山を歩いたときも似たことがあった。
狸や狐が前を横切ることがある。

場所によって相手は違うが、大概このようなときは山中を惑わされるものだ。
そのようなときは前もって対策を取って事なきを得る。
昔話や民話のような話である。
ただ、現在も確実にあるし、また彼らも未だ「いらっしゃる」のである。

御住職が聞いたこと

御住職は職業柄様々なことを聞いている。
その中の幾つかを教えて頂いた。

本能寺には〈茄子婆〉が出る。
着物姿の老婆で、顔が真紫をしている。だから茄子婆なのだ。
この婆は変事——悪いことがあるとき出てきては矢鱈目鱈に寺の鐘を突く。
実は本能寺の変のときも出てきて鐘を突いた。
伝承を知る者は慌てて寺から逃げ、事なきを得たという。

炎上する本能寺に消えていった織田信長は、茄子婆を知らなかったのだろうか。

ある宗派の〈本山〉には一つ目小僧がいる。
ただし、この一つ目小僧を目撃することを修行僧は恐れる。
何故なら、この小僧は修行不足の、言わば僧侶失格者の前にしか姿を現さない。
もし見たことが他者に知れたなら、山を下ろされ修行を打ち切られてしまうのだ。
そう言う人物は戒律を破っていたり、自らを律することができない者が多い。
例えば大量の飲酒をするなどだ。

現在も一つ目小僧を目撃し、山を下ろされる人はいるという。

報せ

御住職には出かけてはいけないなと感じるときがある。
そんな時は出かける用事があっても「今日は居よう」と変更してしまう。

そういうときは必ず葬儀依頼が来るという。
勘、というのか、そういう日は〈死臭〉を感じるのだ。
だから、出かけない。お寺に居る。

また位牌の書き換えを行うことがある。
ご位牌の数が増え纏めるとき、或いは新しくする場合だ。
出先ではなく、お寺へ持ち帰ってから筆を執る。
が、そんな時、声や音が聞こえてくる。
子供達が騒ぐようなもの声。
畳の上を四つん這いで這い回るような音。
そんなときご位牌に書き入れようとしている名前を見ると納得する。
キャッキャという声の時は子供の名。
赤ちゃんの名前の時は這い回る音で、きっとハイハイをしているのだろう。

また声は葬儀中にも聞こえることがある。
〈助けて〉

〈痛い〉

背後から感情を伴って響く。

当然他の人には聞こえていないはずだ。

そういう時の葬儀は自殺者のことが多い。

これらを恐れることはない。

ただ粛々と勤めるだけである。

土公神

土公神——どくじん、という神様がいらっしゃる。

竈神とも言われているが、家の外に祀られることが多い。

地域で方法は違うが、南天などの木を植え、小石を積み上げて祀る。

ある場所を工事する際、土公神の移動を頼まれた。

植えられた南天を抜き、小石を全て集める。
そしてきちんと祈祷するのである。

が、ある家の解体作業の時、某施工会社がこれを怠ったらしい。
勝手に木を抜き、石を埋めた。
その後、建物の解体を始めたのだが、トラブルが続出した。
加えて解体手順を完全に間違えたことすらあった。
序盤には手を付けない大事な柱を極初期に取り去ってしまったのだ。
これで一気に家屋は崩れ落ち、油圧式パワーショベルごと倒れてしまった。
死者が出なかったことが不幸中の幸いであった。
そもそも解体業者はプロである。
このようなケアレスミスをすること自体、彼等には考えられないことであった。

他、あまりにおかしな事が連続するため、御住職に依頼があった。
話を聞けば土公神を粗末に扱い、勝手に撤去している。
施工していた人達はその神様を全く知らなかったのである。

真っ先にやったことは土公神へのお詫びであった。
理由を説明し、埋められた小石を全て集めさせ、別の場所へ土公神を移動した。
もし他の小石が混ざっていても状況が状況なので、お赦し下さるよう願いながら。
それからはなんとかトラブルもなく作業は終わったのであった。

喉

ある日、御住職の元へ一振りの刀が持ち込まれた。
江戸時代のもので、御祓いをして欲しいということであった。
気が進まなかったが、承諾してしまった。
が、拝んで後、喉が酷く腫れ上がった。
それだけではなく、高熱が続く。
実はその刀は錆び付き、抜くことすらできない代物であった。

が、祓い終えると鞘から抜き払えるようになっていた。
(ああ、祓えたのだろう)
そう思った矢先の喉と高熱である。
また夢の中で繰り返し〈逃げ惑う日本のお姫様〉が出てくる。
ふと想像してしまう。

この刀、お姫様が自害に使ったのではないか。

夢の内容。
江戸時代期の錆び付いた刀。
喉の腫れと高熱。
御祓いを頼まれるような〈理由〉。

喉の腫れと高熱は約一ヶ月続いた。
漸く治ったが、大変な目に遭ったことは変わりない。

忌田

田畑には稀に触れることすらしてはならない場所、忌むべき場所がある。

そこを〈忌田〉と呼ぶ。

無視して稲などを植えた場合、その人物が死んでしまうほど祟る。

だから放置され、そこだけ荒れてしまう。

水が張られ、陽光を反射し輝く田圃。その一角に草が乱れた場所がぽつんと存在している。このようなシチュエーションも少なからずあるようだ。


この〈忌田〉は過去から伝えられており、御住職は先代から教えて貰った。

だが現在は区画整理などがされ、厳密に区切られた状態ではなくなってしまった。

だから知らない人ばかりになっている可能性はある。


ある時、田畑の一部を他者に貸した人がいる。

借りられた田畑は整地され、建物が建てられた。

その後、貸した人は亡くなってしまった。

貸し出した場所がまさに〈忌田〉であった。
ただ、借りた側には一切障りはなかったという。
所有者に全ての責任があると言わんばかりの出来事であった。

ブリキの看板

ある神社より依頼があった。
「参道にある看板を外して欲しい」
わざわざ頼むということは〈そういった〉事例なのだろうと足を運んだ。
看板は参道の木に結わえ付けてあった。
さほど大きな物ではない。一般的な色紙より少々大きいくらいか。
金属製で縁が鍵裂きに加工してある。簡単に手で触れられないように、だろうか。
問題はその看板に書かれた文言であった。

〈○○を呪う〉

具体的な名前であり、また見知った名字であった。

これにより誰が誰に対して恨みを抱き、このような形で呪っているのか察しが付く。以前からそのような噂は耳にしていた。

悪巫山戯なのか、それとも本気なのかは分からない。とはいえ、流石にこのようなものが参拝客の目に触れるのはよろしくない。

が、しかし、処理をしようにも流石に日中は憚れた。

だから夜中の十二時に改めて神社を訪れることになった。

暗い中、直接手で触れないようにし、幹から看板を取り去る。

お寺へ戻り、護摩を焚いた。

処置をした後、改めて神社へ持っていく。祈祷したとの旨を告げたが神社側は看板を受け取らなかった。

自分で持っていても仕方がない。

だから、○○を呪ったであろう心当たりのある人物の家まで足を伸ばし、その家のポストへ投函しておいてやった。

後日、看板を投函された人物は病みついたという。

命だけは助かったようであるが。

境内の中にも

ある日、御住職は境内で藁人形を見つけた。

一本の木にしっかりと釘で打ち付けられてあったのだ。

丑の刻参り、というものだろうか。

午前二時辺りに白装束、頭に五徳（火元の上に据え、薬罐や鍋を安定して乗せる道具。金属製で、道具を乗せる部分は丸、火元に立てるための細い脚が五本着いている。だから五徳という。現在でいうならガス台の発火部分に乗せられた金属製の輪に近いか）を逆さまに被る。上を向いた足に蝋燭を取り付け火を灯し、一心不乱に呪いたい人のことを想いながら藁人形を木に打ち付ける……というものだ。細かい作法が多く、人を呪うということは大変な労力が必要ということが分かるだろう。

この藁人形を使った呪いは京都・貴船神社が有名だ。

が、お寺にも同様にあるらしい。寺社にある独特の力、雰囲気がそうさせるのだろうか。


問題はこの人形に写真が貼られていたことだ。

そしてその顔に見覚えがあった。知りあいだった。

ご丁寧にその写真ごと釘で貫くように人形は打ち込まれている。

写真の人物に恨みがあるのは多分あの人であろうと察しが付く。

お寺によくやってくる人物だ。普段からそのような素振りを見せていたこともそれを確信に変えた。

処理をせねばならないが、流石に素手で触る気持ちにはなれない。

釘をペンチで抜きつつ、奉書紙で包むようにして取った。

調べてみれば、邪念というべきものがしっかりと込められていることが伝わってくる。

(このような呪いは繰り返し行うに違いない)

その予感は当たった。

夜中、待ち伏せていると何者かの影が寺に這入り込んでくる。

仄かな明かりの下、その顔を確かめる。

あの〈予想していた人物〉であった。

その場に出て行って注意をしても良いのだが、それも忍びない。とはいえ、いつまでも繰り返されても困る。

近くにあった小石を手に取り、音が立つように投げた。

気付いているぞ、見ているぞ。そういった警告の意味である。

相手はすぐその場を立ち去っていく。

こちらの意図を理解したようだった。


藁人形は処理したものの、呪われていた側にそれを教えておくべきか悩んだ。

はっきり言うべきではない。が、報せないのもなんとなくよくないことである。

「こんなことがあってね。その写真、あなたに似ていたよ」

細部をぼかしつつ、写真を確認してみるか訊ねた。

相手は首を振った。

あの、呪いを行っていた人物は二度と藁人形を打ち込むことはなかった。

そして、日中お寺に姿を現すこともなくなった。

神木を売る

ある場所に立派な神木があった。

しかし、根元から倒れてしまった。

誰かが手を入れたせいではない。極々自然であった。

「神社などを建てるのに使って頂いたらどうか？」

御神木であるからこそ、そうすべきではないか。近隣の人からこのような意見が出る。

しかし某人は別の考えを持っていた。

「これだけ立派な木材だ。他へ売っちゃえばいい」

金儲けになるよと、彼は勝手に事を進めた。

各方面に買い手を求め、商談を無断で進める。

当然周囲はよく思わない。止めた人物もいたが、某人は聞く耳を持たなかった。

——が、ある日、その某人は突如失踪した。
行方は誰も知らず、また、その安否も杳として掴めなかった。
それから間もなくして、対にその人物は発見された。
あの御神木がある場所である。
ただし、それは変わり果てた姿だった。

見つかったときの状況からしておかしかった。
発見者が言うには、そのとき偶々倒れていた御神木の様子を見に行ったのだという。
飛び上がるほど驚いた。
地に横倒しになっていたはずの御神木が、元に戻っている。
空へ向かって真っ直ぐ縦に……まさに垂直の状態だ。
誰かがクレーンなどを使い戻した事実はない。
普通なら考えられないこの状況は一体どういう事か。
周囲を調べている最中、再び目が飛び出しそうになった。
根元から一本の腕が出ていたのだ。

マネキンなどの作り物ではない。慌てて掘り出し始める。

果たして——あの某人が発見された。

すでに事切れていた。

太い根の下で絶命しているせいで、全身を掘り出せない。

下半身に巻き付くが如く根が絡み付いているのだ。土から出せたのは上半身だけであり、それ以上はどうしようもなかった。

しかしいつまでも死体を御神木の下に置いてはおけない。

苦心の果て、根元の横側から土を掻き出し、遺体の回収に成功した。

「金欲しさに無断で御神木を売ろうとした男が、御神木の根元に埋まって死んだ」

「それも、倒れていたはずの御神木が、勝手に立ち上がっていたのは何故だ」

関係者全員が恐れを成した。


今も件の御神木は天に向かって緑の枝を大きく広げている。

一度倒れたはずなのに、活き活きと緑を茂らせて。

多分人の血を吸ったからだろう、そのように御住職は考えている。

禁忌

山には山のルールがある。

だからそれに従って生きねばならない。

山で従事する人では当たり前の話であるらしい。

それは例えば、山林関係の仕事をしている人。或いは動物を獲る事を生業とする猟師。

彼らは独特のルールで動いている。

「これはしてもよいが、これはしてはならない」

「この日以外は山に入ってもよい。この日は絶対に足を踏み入れてはならない」

「この場所にはこのような人は入ってもよい。このような人は足を踏み入れてはならない」

験担ぎ、所謂ジンクスを重んじているようにも思えるが、そこにはきちんと意味がある。

他に言えば、山中では山言葉と言われる〈平地（山以外の場所）とは違う言葉〉を使う。

俗にいう伝統猟を行う人たちが伝えるものを調べていけば、多岐に渡り、興味深いことが分かるだろう。

このように山には〈しきたり〉というものがある。

山に従事する人達はそれを重んじ、毎日を生きているのだ。

ある日、とある猟師がお寺へやって来た。
山で動物を捕ったが、気持ち悪いことがあったので供養してくれ、と言う。
一体何かと話を聞く。
「猿を獲った」
猟師は獲物を取り出すと、目の前に晒した。
それは毛に覆われた長い腕二本、短い二本だった。
胴体などはなく、腕だけ切り離されている。
確かに猿のものであるが、どうしたことか長いものと短いものが一本に繋がっていた。
よく見れば、その手と手が、指ががっちりと組み合っているのだ。
計四本。二対それぞれが、である。
猟師曰く。

山で二頭の猿を獲った。
撃ち殺して分かったがどうもそれぞれ母子であったらしい。
猿など持って帰っても仕方がないが、そのまま山を下るのもなんとなく厭だったから、それぞれの両腕を切り落として持って帰ってきた。

「しかし、その途中で勝手にこうなった」

切り落とした腕なのに、手同士がいつの間にか握りあっていたのだ、と。

だから気持ちが悪い。供養してくれという話である。

ただ、ひとつ言うならば山の決まり事では〈猿を獲ってはならない〉はずであった。それなのにその禁を破り、あまつさえむごたらしく母子の腕を切り取り持って帰ってくる。

何故この人物がそのような行動を取ったのか。おかしいとしか言い様がない。

自分勝手な行動を取った人物の依頼を聞くべきではない。

また、猿に関しての祈祷などはしてはならないと決まっている。

そう判断した御住職は、丁重に供養をお断りした。

後日、その猿を獲った猟師が死んだことを、御住職は報道で知った。

猟仲間の誤射で撃ち殺されたのだった。

古刹にて

御住職の元を訪れるようになって数回。

毎回興味深い話を伺っている。

それだけではなく、いろいろなことを教わる一方だ。

怪談を書く仕事に加え、伝承を調べたり、様々の土地の寺社を訪れ得たりをしていると、当然のように疑問が湧いてくる。

それらに関して質問をするのが常となったからだ。


ある日、ふと妖怪について訊ねたことがある。

そして某神社やお寺の立地条件に関することも質問した。

かなりディープな話を聞かせていただいた。

まだ、御住職には話せることがあるようだ。

この古刹にて新たに聞いた話を皆様にお伝えするのは、まだ先である。

又の機会を楽しみにして頂きたい――。

あとがき　――そして〈古刹にて〉補記。

「古刹にて」について、補記をここに記します。

専門用語や分かりづらい単語に関しては本文中でできるだけ説明を加えました。が、構成の問題やいろいろな理由で入れなかった部分もありました。

ある意味蛇足と感じられる方もいらっしゃるかもしれませんが、このあとがきをサブテキストとして楽しんでいただけたら幸いです。

お寺の前には鬼がいる

清浄なる場所に救いを求めてやってくる〈モノ〉。

これに関する話でこのようなものがある。

「もし心霊スポットなどに行くのなら、肉や魚などを沢山食べてからにしなさい」

「精進潔斎してから訪れるのは止めなさい」

肉食により肉体に穢れを纏えば、悪いモノは寄ってこない。逆に身を清くしておけば、清浄なるものだと捉えられ、それらが集ってくるのだ、と。

要するに穢れたモノは穢れたモノに引き寄せられない。綺麗な存在に救いを求めて引き寄せられる。そんな事であるらしい。


考えてみれば、夜にお寺や神社を訪れる人がいる。

目的は何なのか分からない。単純に行きたいだけの人もいるだろうが、他の目的を持ってやってくる物もいる。例えば、丑三つ時の藁人形を打ち付ける、などだろうか。

あとは近年特に話題になっている、仏像などの窃盗、本堂や拝殿への火付け・破壊行為。日本の神仏がいらっしゃる場所を汚すような行為を目当てにして……かも知れない。

もしかしたらこれも門の前に住まう鬼が関係しているのか。

そういえば、あるバラエティー番組でこんなことがあった。

四国八十八箇所巡りをしているのだが、時間制限があるため順路を無視したり、早朝から移動したりと出演者やスタッフが苦労していた。

当然日が落ちてから札所にたどり着くこともある。もちろん門が閉まっており、中に入ることはできない——が、その場面で異常なことがあったようだ。

番組が後に語る。機材が不調になり、途中から録画できていなかった、と。

また別のシーンでは映ってはいけない物が入っており、慌てて消し去った、とも。

夜のお寺、それも門の前で巫山戯たことをしてはならないのである。

因みに番組内で何も触れていないが、おかしな映像の乱れが何度か確認できた。

あれはなんだったのだろうか。

ひとつ言えば、夜にお寺や神社を訪れたからと言っても、怪奇現象に出会える訳ではない。各御住職や神職の方々の話を聞く限り、悪いモノに影響されて、体調不良などの不幸が訪れる可能性が増える可能性のほうが高いような気がする。


そういえばこういう話も聞かせて頂いた。

境内にホームレスが住み着きそうになったことがある。

もちろん注意をしたが聞いてくれない。

「だってさぁ、神社にも行ったんだよぉ。でも、あそこさ、凄く寂しいんだ」

しんと水を打ったように静まり返っており、ほぼ無音。

非常に辛いのだとホームレスは訴えた。

「でも寺はさあ、賑やかなんだ」

だからお寺に住ませてくれ。彼は手を合わせた。

確かにお寺は賑やかだと聞いたことがある。

特にお墓は沢山の人に囲まれているような気配すら感じられるという人も居た。

それはきちんと供養されているから決して悪い物ではないのだ、と。

お寺と神社では内部も違うのだろう。

台座より

現御住職がお寺を継いだ要因となった話である。

修行を進め、あと少しで……という時期にこの事件が起こり、やむなく山を下り後を継いだという。苦渋の決断であることは言うまでもない。

ただし、御住職は今も修行を怠らない。

ある人物に師事し、常に自らを律して仏に仕えている。

先日お伺いしたときも〈とある修法〉の日であった。

門外漢からの興味本位の質問にその修法の一端を解説していただいたが、実に厳しいものであった。多分、自分にはできない。


しかし木の御祈祷に出かけたとき、お不動様が腰まで落ちた。

そして腰を痛め、そこから病みついた。

どういった関係があったのだろうか。

先代御住職、またその御兄弟に関する逸話もいろいろお聞かせ下さったが今回は見送った。いつかこれも書きたいと考えている。

ある僧房跡

日本全国探していくと、寺社跡地によく出会う。

歴史を紐解くと何故そこが寺社跡となってしまったのか理解できることが多い。また、その後に再建されない理由なども浮かび上がる。

この話もそういった〈過去の歴史〉を感じさせるエピソードである。

僧房があった場所とどうしてそこに道路を通さねばならなかったのか。

納得する理由があり、思わずうなずいてしまった。

そういえば僧房と墓所があると本文中に書いた。

この墓所にあった墓石を勝手に持って帰った人達が居たようだ。

庭石にしようと考えたらしい。

石と言っても自然石のようなもので、御影石を用いた「まさに墓石」というものではなかったからであろう。

ところが怪異が連続で起こり、慌てて返したところ変事は収まったという。

元の場所へ戻したわけではなく、お寺へ預けた、が正しい話だが。

石段の果て

現地を訪れた際、何も考えずこの石段を見上げた覚えがある。

その時は全くそう言う伝承があると知らなかったからだ。

後に「こういうことがあるのですよ」と聞いた。

美しい和装の女性に出会えば、大きな福がもたらされる。

ただ一代限りだ。

そういう話であったから、見ても良いなと思ったことは否めない。そのことを話すと止められたが、今もやはり夕刻の石段へ行ってみたい思いはある。

訴え

お寺の中で起こった変事についての話。

このとき、御住職のお母様にも直接お話を伺うことができた。改めてここに謝意を述べたい。

で、実は私が取材に伺ったときもこのセンサーの誤作動があったと聞いた。また、取材後、お寺を辞した後には酷い異音が多く鳴ったらしい。こういう仕事をしていれば、ということであるが、迷惑をおかけしたことに変わりはない。


数回目の取材で、例の〈白磁の仏様〉を見せて頂いた。

大きさは本文中に書いた「大人の膝辺りの高さ」の約半分くらいである。廊下を滑るように飛んだときは大きくなっていた、ということだろうか。

実はこの異変が起こったとき、御住職がまだ修行時代であった。

常にお寺にいるわけではないので、四十九日の供養はお母様に任せられた、というのが真実である。

旅の途中

御住職の曾祖母様は〈見える人〉であった。
また、曾祖父様は修験の道に進まれている。
だからこそ対策できたわけでもあるが、やはり厄介であったようだ。

ともかくこのようなモノに余計な情けは掛けてはいけない。
例えば、道端で死んでいる猫などを可哀相と思ってはいけない。ついてくるから。
この話と全く同じである。
しかしきっちり宿賃を二倍取る宿屋も強かだ。
現代民話に出てくるような逸話であった。

お寺に入る

寺を継ぐには様々なケースがある。
本文中にも書いたが、父親の後を継ぐパターンも多いようだ。そういえば禅宗の一派の話であるが、家長たる御住職が亡くなった後、誰も継ぐ者が居なければ残された家族は寺から出なくてはならないらしい。住む場所から追い出されるに近い。だから息子なり娘なりがすぐに継ぐことになる。

もしできなければ……ということだ。

しかしこの話にあるように、人によってはご本尊との相性が悪く、折り合いが付かないことがある。そうなってしまえば身体に影響が出る。

仏様はお優しいということが基本であるが、例外もあるのだろう。

もちろん、お参りに来ている人々にもまったく無関係ではない。

お寺も神社も相性が悪いところへ行くと、あまりよい結果にはならないと聞く。

そのような所へ足を踏み入れれば、感覚的に分かるらしい。居心地が悪い、体調が変化する、味覚や視覚などの五感に以上が出る、などなど。

だからそういうときはその日のお参りをせず、日を改めた方がよいのである。

私的な話であるが、これまで取材などで様々な寺社仏閣へ出かけたが、得に何かを感じることはなかった。逆に居心地が良すぎたくらいだ。これをどこも相性が悪くなかった、とするのは早計だ。

単純に私が（そういった事柄に）鈍いからだろう。

ただ一箇所だけ、何とも言えない感覚の神社があったことはある。

鳥居を潜ってすぐ、圧迫感というのか、誰かに見られているような感じを受けたのだ。人がいる場所で視線を感じる風か。もちろん周りに人は居ない。が、お参りを済ませた途端、居心地がよくなった。

一体何故なのかは分からない。

家の祓い

御祓いの話を伺ったとき、いろいろな体験談を思い出すことがあった。

まず地鎮祭を怠ったことで変事が起こった家。

また、住み始めておかしなことが頻発し、御祓いをして貰ったが悪化した別の事例。

更に沢山あるが、どれも共通していることが〈インチキ霊能者〉〈怪しい宗教〉が絡んでくることだ。まず金と名声欲が先に立った輩が多いように感じる。

また彼らは正しい修行をしていないせいか、間違った情報を与えてくることもあったようだ。

自分がやっていることを十分に理解していない証拠かも知れないし、単に何も考えず適当なことをやっている証明なのかもしれない。

まさに〈末法師〉だ。

もちろん世の中にはきちんとされている方もいらっしゃるが、そういう人は人間的にも好ましいことが多いことを書き添えておく。

修行時代

御住職曰く「まあ幻覚の類でしょう」。

修行は厳しく、また集中力を必要とする。

心も身体も限界まで酷使するわけだから、そのようなものも見てしまうのでしょう、と。

座禅中におかしなものを目撃したが、それは幻覚だろうという話もある。

関連しそうな書物やコミックなどでよく書かれていることだ。

しかし個人的には興味を惹かれるエピソードなので収録した。

とはいえ……修行されている方達の間では〈暗黙の了解〉となっている部分でもあることを考えれば、単純に幻覚だとも言い切れない。

そもそも道に迷うのではなく、一本道、同じ場所に何度も繰り返し出てきてしまうのは何故なのだろうか。

遭難など似た状況とも違うので、やはり気になる。

御住職が聞いたこと

有名な場所の、また有名な人物にまつわる話である。

門外漢からすれば心高鳴る逸話ばかりであった。

また厳しい修行と僧侶の世界の一端を垣間見せて貰える点も見逃せない。

実は七不思議であるらしく、他のエピソードもあるようだ。

これもいつか収録したい。

報せ

虫の報せというものがある。

これらは本当に単なる勘というものから、何か物理現象が起こってやむなく……というパターンがある。

あの日航機墜落事故なども、搭乗する予定があったが急に予定が変わってしまいキャンセルしたことで助かった人もいる（有名人だけではなく、一般の人でも同じことがあったようである）。

ただ、このキャンセルされた席に乗ってしまい、命を落とした人もいるのが事実だ。

それが運命の分かれ目だ。などと簡単に言うつもりはないが何かを考えさせられる。

この「報せ」ではそういった勘的なものではなく、嗅覚や聴覚に直接届いた事例だ。

それも僧侶という職業に関係しているものである。

ただ、少々重要なのではと思うのは「自殺者の訴え」であろうか。

亡くなった後に〈痛い〉〈助けて〉というのは……。

土公神

不勉強なのでこの〈土公神〉について知らなかった。

土公神に関する資料を調べてみると、必ず〈祟る〉に行き着く。

また、竈神にも関連しているということで、然もありなんと思ったことは否めない。

結構このような土地神や遮の神などの路傍にある神様を粗末にして罰が当たる話も耳にする機会が多い。

また、石碑を破壊して放置したままにして祟られるようなものもあった。

知らないから仕方がない、では赦して貰えないのであろうか。

喉

かってきた。

刀の御祓いをするとき、実はやりたくなかったという。

本堂で拝むのだが、その場所に近付きたくないとすら思ったようだ。

防衛本能だろうか。

だが依頼を受けたから仕方がないと御祓いを行ったら本文中のような出来事が襲いかかってきた。


僧侶の場合、仏様のお力を借りている。

いや〈入我我入（仏が我に入り、我は仏に入る。一体になるという意味）〉だから、拝んでいる本人へ障ることはなかなかないという。仏様が助けてくださるからだ。

依頼してきた側が不遜な場合、そちらへ流れることはあったとしてもだ。

しかし刀の時はダイレクトに影響があった。

かなり酷かったようだ。

本当に大変な仕事である。

忌田

忌むべき場所についてはこれまでも幾つか取材をしてきた。
踏み込んだら死ぬ場所や、あることをしたら祟る石塔など様々だ。
が、改めて御住職に聞くといろいろ興味深い事を多く教えて下さった。
この話で言えば、「借りた側ではなく、貸した側に障りがあった」ことだろう。
土地を持っている者に、土地が祟るわけだ。

ただ、どこが忌むべき場所なのか。
それが我々には分からない。
区画整理や様々な要素で区切りが曖昧になったことも確かだと、御住職は言う。
分かっている人からすれば判別がつくのだが……。
そういえば以前そういう土地に行ったことがあるが、言われなければ普通に通り抜けをしていような場所であった。

なんとなく人が近づかない所には足を踏み入れないことが肝要かも知れない。

ブリキの看板

呪いの方法としてはオーソドックス……か。

相手を指定した呪詛の言葉を神社の木に取り付ける辺り、特に。

考えてみれば、こうして名指しをして呪うと明言しておけば、当人の耳にも入る。それで精神的に揺さぶることは可能だ。或いは直にその〈呪いの看板〉を目にしたショックは如何ばかりか。

精神と身体は直結しているので、肉体的なダメージへ変わることもあるだろう。

とはいえ、呪いというものはそれだけで説明が付かないことも多い。

実際書いてきた体験談でも理屈が通らないようなことが数多くあった。

ある、ないだけで語ってはならないのである。

しかし、人を呪わば穴二つ、というエピソードであった。

境内の中にも

呪い話その二。

これもまたオーソドックスな藁人形を使用した丑の刻参りである。

おどろおどろしいイメージで映像化される事も多いので、日本人なら割と想像がし易いか。が、実際にそのような格好をし、真夜中、暗い木々の中へ裸足で分け入り、藁人形を打ち付けるというのは早々できるものではない。

それほどまでに憎い相手だからこそ、やれるのだろう。


「のろい。まじない。両方同じ漢字を使う。呪、だ。要するに〈まじない〉は〈のろい〉に通じるので、どのようなまじないでも軽々しく行う物ではない」

――と、この話の時御住職から教えていただいた言葉がある。

考えてみれば、意識しないでも人は人にまじないを掛けていることがあるかもしれない。

現代の人々は「死ね」「殺す」「呪う」など軽々しく口に出す。

これこそ負の感情を飛ばす〈まじない〉に他ならない。

神木を売る

神木と呼ばれる樹木を敬うのは当たり前だ。

元来日本の神々は八百万いらっしゃるともいう。

古事記・日本書紀、祝詞などにさっと目を通してみれば、世の中の様々なもの・事象に神の名を付けている。だから八百万なのかもしれない。原始信仰、自然信仰から発されたからなのか。専門でも何でもない私は語る言葉を持たない。

が、やはり古来より日本人は〈何かに宿る神々〉を意識して生きてきただろう。

だから巨石や巨木——言ってみれば世のすべてに敬意を払い、手を合わせる。

そう思っていたが、やはり敬意を払えない人間もいる。

例えば、神域を平気で穢し、壊し、盗み、それに罪悪感を持たないような連中だ。

過去から仏教説話などで仏に粗相して罰が当たる話がある。また、逆に仏に救われる話も多い。その宗派の開祖がこれだけの法力、神通力を持っていたのだというパターンだ。

が、この話は現代に起こったものである。

神木を金のために売る。

エゴの固まりの人物は報いを受けた。

思わずこれまでの自分の行動を振り返ったのは言うまでもない。

禁忌

猿供養をしてはならない理由もしっかり記録している。が、書かなかった。だから本文中では明記されていない。


改めて書くが、職業毎に決まり事があるものだ。

職人や自然を相手に仕事をする人々だと今もそのしきたりを守り続けている。

本文中でもあるが「山の中で使ってはいけない言葉」とその真逆「山の中で使わなくてはならない言葉」などもそのひとつだろう。

また、ジンクス・おまじない的なものも多い。

山に入るときはカサゴの干物を持っていく。熊を殺すと雨が降る。などなど。枚挙に暇がない。もちろん地域によって変化がある。詳しくは民俗学の専門家に任せたい。

ただ、決まりを守らなかった者の末路がこの話にある。

そもそも猿にまつわる不可思議な話は多い。

実は、このような怪談・怪奇現象などに関する仕事もしている人間にも取材時のルールが僅かながらある。

例を挙げれば「写真撮影は挨拶をしてから」であろうか。

特に寺社などはきちんと祀られている方々へ拝してからシャッターを切る。

このように筋を通していないと上手く撮影ができないことがあるのだ。

齋藤御住職も仰っていたが、法事中の写真でも同じようなことがあるらしい。

「仏様を拝んでいるとき撮影されると、写真全体が白く飛んで映っていないことがある」

法話などをしているときは大丈夫であるから、きっと仏様が写させないのだろう、と。

写されたくない相手からすればただの迷惑、だから拒否をされるのと同じだ。

これは人に対しても当然の話で、ご挨拶をして、きちんとお断りしてからカメラを向けなくてはならない。失礼に当たらないようにすべし、だ。

因みに御住職は山を歩く修行もされているので、このような逸話は数多い。


決まりと言えば、数々の人が〈ある行動〉に関して注意する姿を見たことがある。

「置いた道具を跨ぐな」

で、ある。例えば刃物、工具、釣り竿、武具……などなど。

もし跨げばその道具を使う種々の物事は上達しなくなるらしい。自らが使う尊い道具に対し、敬意を払うことも含んだものだろうか。

もちろん場合によっては使っている最中に跨がなくてはならないこともある。が、それは別だ。放置した道具を跨ぐことはまかりならん、そういう訳だ。多分、道具を大事にしていればきちんと整理整頓するはずで、跨がなくてはならないような状況にはなるはずがないという意味も含まれていそうではある。

幼い頃から母親にそうやって仕込まれていたおかげで、今のところ「道具を跨いで」怒られたことはない。

あと道具は大事にすればきちんと答えてくれるとも言う。

気をつけようと個人的に思った。

古刹にて

実は、まだまだ書いていないことも多い。

そればかりではない。

二回目の取材だっただろうか。

「怖い話……怖い話。どういうのが怖いのでしょうねぇ。いろいろありますが」

「訊きたいことを具体的に教えて下されば、纏めておきますよ」

それから何度か話を伺ったが、まだまだエピソードには事欠かないようだ。

ネタばらしをしてしまえば、本書には諸事情でまるまるカットした話もある。
それを含めてまた書けたらと願っているのだが……。
個人的にはまず妖怪ものから纏めたいと思っている。

◆

さて、あとがき本編です。
本書〈怪仏〉は〈怪神〉の姉妹編となります。
今回もコンセプト的には近いでしょうか。
「仏様にまつわる話」がメインになります。
ただ、タイトルの〈怪仏〉は怪しい仏様やお坊様という意味ではありません。
前の〈怪神〉と同じですね。
仏様に群がる怪しい人間たちのこと。
或いは仏様に絡んだ人間の業などを表しています。
決して仏様が怪しいのだ、という事では御座いません。

もちろん、仏様にまつわる逸話も多数収録しました。

是非〈怪神〉と併せて目を通して頂けたら、幸いです。

神仏絡みの本を書くと決めてから、慌てて専門書を漁りました。

古事記や日本書紀から出雲神話などそれらに関するもの。

仏教各宗派についてから始まり、仏像、仏画、密教を説明した初心者用の本。

各研究者の著作も手を出しましたが、結局は付け焼き刃です。

無知で馬鹿なインタビュアーとして、去年の春ぐらいから延々と寺社を巡り、様々な取材をして参りました。体当たりあるのみという。

割と有名な場所から、地元の人でなければ分からないところまで、できるだけ足を運んでみたつもりです。もちろん実に楽しく仕事ができました。

加えて相手してくださるのは僧侶、神職の皆様方が主になります。専門と言うこともあり、兎に角勉強させて貰うばかり。

また、各地の方言や独特の言い回し、専門用語が入り乱れて、一部聴き取れずに何度も繰り返して頂いたことも何度もあります。

どれも収録すべきエピソードばかりで〈怪神〉〈怪仏〉に載せる際、大いに悩みました。

常に入れ替え入れ替えをしてみたものの、しっくりきません。

結局、それぞれの本でテーマに沿ってチョイスする形をとらせて頂きました。
メモや写真、その他諸々の素材はまだまだ残っているので、これもいつか……。
あと取材の約束をしているのにご無沙汰をしている場所もあります。
まだまだ旅は続くのでしょう。

また皆様には貴重な資料をお借りすることも沢山ありました。
仏様のことが分からないと言えば、すでに絶版となった書籍を。
妖怪と精霊、神々について訊ねれば、丁寧な説明と蔵書の関連資料を。
他、素晴らしい話も多数。
この場を借りてお礼を述べさせて頂きます。
本当にありがとうございました。
また、本書に関わったすべての皆様にはお礼の言葉もありません。

さあ、次回はどうなるでしょうか。
それは私にも分かりません。
またお会いできることを祈りつつ……。

二〇一五年　三月吉日　満開の桜を横目に見ながら

久田樹生

本書の実話怪談記事は、「超」怖い話 怪仏のために新たに取材されたものなどを中心に構成されています。快く取材に応じていただいた方々、体験談を提供していただいた方々に感謝の意を述べるとともに、本書の作成に関わられた関係者各位の無事をお祈り申し上げます。

「超」怖い話 怪仏

2015年5月5日　初版第1刷発行

著者　久田樹生
カバー　橋元浩明（sowhat.Inc）
発行人　後藤明信
発行所　株式会社　竹書房
〒102-0072　東京都千代田区飯田橋2-7-3
電話 03-3264-1576（代表）
電話 03-3234-6208（編集）
http://www.takeshobo.co.jp
振替 00170-2-179210
印刷所　図書印刷株式会社

定価はカバーに表示しています。
落丁・乱丁本は当社にてお取り替えいたします。

ISBN978-4-8019-0279-4 C0176